死相學偵探4

五骨之刃

三津田信三
Shinzo Mitsuda

目錄

一 新委託人

那一年的十二月初，星期四下午。

東京神保町產土大樓內「弦矢俊一郎偵探事務所」的門前，俊一郎正要送特地拿點心來致謝的委託人離開。

「老師，真的很感謝你。」

在走出已經敞開的大門之前，山口由貴深深地一鞠躬。這已經數不清是第幾次了，她今天從一來就道謝個不停。

「不會。」

她每次道謝都讓俊一郎感到不知所措，不過他說話的語氣仍舊十分淡漠。雖然在心中暗自反省自己這樣真的不行，不過……

「……死視的解釋正確，那個……真是太好了。」

等他終於能說出得體回應時，已經是要送委託人回去的時刻了。即使依然口拙，但和當初四月剛到東京開偵探事務所時相比，可說是已有長足進步。因為要是當時的他——

「我不是什麼老師。」

「妳要是沒事了可以趕快離開嗎？」

肯定會粗魯唐突地回人家這種話。

這短短八個月中，弦矢俊一郎經歷過的體驗，其精彩深刻的程度可與至今的二十年人生相匹敵，不，可說遠遠超乎其上。在偵探事務所的工作方面，他也順利解決了世田谷區音槻入谷家的連續離奇死亡案件、城北大學學生宿舍「月光莊」發生的百怪俱樂部案件，還有六蠱獵奇連續殺人案這三起大案子。

雖說他擁有極為少見的特殊能力，又有外公外婆這兩個堅強靠山，但他只不過是個完全不通曉人情世故的二十歲菜鳥偵探。從這個角度來考量，這八個月的成績的確是令人刮目相看，自然能增添他作為死相學偵探的自信，也成為偵探事務所的顯赫成績。

不過對俊一郎自身來說，比參與這三起案件更重要的是，在這個過程中他接觸到許多人。藉由這些經驗，他學習到一個死相學偵探該有的心態，也逐漸體會到一個成熟的社會人士該如何待人接物。

他住在奈良的外婆家時，外公外婆當然也有教他這些道理。但因為成長經歷特殊，他與實際社會相當疏遠，至今的二十年中，他幾乎沒有自己單獨接觸各種人士的機會。今年四月開始獨自生活，正是他人生中第一次有這樣的體驗。

「謝謝您的關照。」

好不容易才送走再三鞠躬致謝的山口由貴。

「呼～～」

俊一郎大大地吐出一口氣，接著就一屁股坐進接待客人用的沙發裡。

這瞬間，直到方才都還對委託人撒嬌個沒完的虎斑貓小俊，輕巧地從地板躍上他的右邊膝頭。只要是主動找自己玩的人，小俊都很喜歡。

「真是太好了呢，她喜歡貓。」

俊一郎輕輕撫摸小俊的頭，吐露自己的真心話。

「不過總覺得有點累人。比起那些即使我正確解讀死相讓他們撿回一命，結果還是不付委託費的客人，這種還特地前來致謝的客人當然是好多了。可能是我還不習慣被別人感謝吧，實在是累死了。」

雖然比起從前，他現在更懂得如何與人相處，但是他能自然交談的對象除了外公外婆，就只有從小一起長大的小俊了。所以他才能放鬆地講出自己真正的感受，可惜小俊的全副注意力都被桌上的精美點心盒吸引住了。

「喂，你有在聽我講話嗎？」

即使俊一郎用指尖輕輕敲了牠的頭幾下，小俊依然圓睜雙眼，牢牢地盯著委託人所帶來的伴手禮。

「真是敗給你了。」

俊一郎嘴上發著牢騷伸手拿起點心，拆掉包裝紙打開盒蓋。小俊立刻湊近用鼻子嗅個不停，接著馬上開始喵喵叫，頻頻催促他。

「哦，是綜合餅乾禮盒呀。」

確實是小俊喜歡的點心，不過很遺憾地，俊一郎不太有興趣。話說回來，只要是人類的食物，小俊幾乎什麼都吃，特別是對於甜食完全沒有抵抗力。可是考量到小俊的身體健康，也不能讓牠常吃這些東西。

於是俊一郎——當然他自己沒興趣這個原因也相當重要啦——馬上又將餅乾盒的蓋子蓋了回去。

「好，這個就寄給外婆好了。」

接著他把包裝紙翻過來，開始仔細地重新包裝。

小俊憤慨地狂叫，喵喵喵地不停抗議，還交替伸出前腳不停拍打俊一郎的手臂。雖說是打，也不過是用牠柔軟的肉球輕輕碰觸，反而讓人覺得相當舒服。

俊一郎忍住竊笑的衝動，刻意用認真的語氣說：

「這也是沒辦法的事情呀。雖然說用六蠱那個案子的酬勞終於付清了拖欠外婆好久的調查費，但是也沒剩下多少錢。考慮到下個月事務所的房租和生活費，已經可以想見之後大概還是暫時得先賒帳。在這種情況下，平常多做些貼心舉動，討外婆歡心是很重要的。」

這並非出社會後才學到的道理，而是從那位外婆身上體會到的處世之道。他從小就耳濡目染，只是至今都沒有機會實際運用罷了。

「只是沒想到，第一個做人情的對象居然是外婆……」

俊一郎心情複雜地重新包裝好點心盒。

順帶一提，此刻小俊雖然鬧彆扭地別過頭去，但似乎還沒氣到要遠離他身邊的程度，依然端坐在俊一郎的膝蓋上。這一點實在是很像小俊的個性。

「這個餅乾你就忍耐一下啦，反正也不是你最喜歡的東西吧。」

即使俊一郎好聲好氣地搭話，小俊仍然不肯把頭轉回來看他一眼。

「等剛剛那個客人的委託費進來了，我就買竹葉魚板給你吃。」

一聽到這句話，小俊的耳朵就微微動了一下。竹葉魚板是小俊最喜愛的食物。

喵嗚？

你說真的嗎？小俊像是要確認似地回過頭來，俊一郎立刻點了點頭。光是因為這樣就能恢復好心情，這點也很像小俊。

「是說這次的委託人，算是相當順利的案例呢。」

小俊喵地叫了一聲表示贊同，俊一郎再度伸手輕摸小俊的頭，回想起兩週前用死視觀察委託人的情形。

那天，山口由貴沒有事先預約就直接來到事務所，也沒有帶著推薦信。至今也有不少貿然闖入的委託人，但只要情況不緊急，俊一郎幾乎都拒絕了。

當初他開始經營偵探事務所時，重視委託人是否有推薦信的人其實是外公外婆。

能看見人類身上出現的死相——

自家外孫發揮此種特殊能力開始經營的偵探事務所，除了那些愛嘲弄的難搞客人以外，也可能會有形形色色的危險分子前來。雖然危險程度的確因人而異，但這別說是對寶貝外孫沒任何好處了，反而肯定會帶來極大禍害。

外公外婆在這層考量下，建議俊一郎偵探事務所最好暫時只優先接待有推薦信的委託人，而且推薦信的來源也幾乎限定在和外婆有長年交情的顧客群。換句話說，一開始的委託人幾乎都是由外婆介紹來的。

外婆在奈良杏羅市的杏羅町中，做著俗稱靈媒的工作。來尋求幫助的客人會用「巫女」、「活佛」、「祈禱師」、「預言者」或「靈能力者」等各種方式稱呼她，但暱稱統一是「愛染老師」。命名由來除了因為她本名叫作弦矢愛，以及密宗愛染明王的影響，也有人認為可能是從川口松太郎那部被拍成電影與連續劇的小說《愛染桂下情》來的。至於實際情況為何則不得而知。即使在眾多老客人之間——其中多半都自稱是「愛染老師的信徒」——也是眾說紛紜。

想請外婆幫忙的人從日本全國各地慕名而來，從「想和已經過世的爺爺講話」的幼稚園小朋友，到嘴上說著「其實有某國咒術師想取我的命」而哭著來求救的政治家都有，人面之廣簡直到了匪夷所思的地步。因此預約總是爆滿，用外婆自己的話來說，就是「商運有夠昌隆」的狀態。

不過依照外婆的見解，一千個來求助的人中，有九百九十九個是「有所誤會」或「疑心妄想」，剩下的則多半是心病。這些心病很麻煩，或許僅是個性古怪，但也可能是嚴重的精神疾病，有各種可能。外婆大部分的工作都在消除這些人的不安心情。本來這或許是各門各派宗教人士的任務，也因為如此，受到外婆幫助而解決問題的多數委託人，都會自然地說出「我是愛染老師的信徒」。

話雖如此，外婆在那方面的能力絕非不足，反而可說是擁有極為強大的力量。特別是在驅除邪靈這方面，那個世界的人們給予她極高評價，認為外婆與過去公認能力最為出眾的蒼龍鄉神神櫛村谺呀治家巫女（註1）能夠相匹敵。或許是因為這個緣故，在杏羅町的家，除了請求幫

註1：出現在本書作者《如厭魅附身之物》一書中的角色。

助的委託人，還有眾多想拜外婆為師的人蜂擁而至。其中還有人在大門前下跪，懇求外婆收他入門下。

不過，外婆沒有收任何弟子。因為她身邊已經有一個人以完全不同的形式繼承了她的能力。不是別人，正是她的外孫俊一郎。

看得見人類身上出現的死相——

只是，他的能力就只有單單這一項。眼前的人身上出現了死相，所以近日之內一定會死亡。俊一郎能確認的只有這一點，至於對方會在何時、何地、因為何種原因死亡，這些要緊的資訊他一個都不知道。

而且死相時常不挑時間地點，不請自來地出現在他眼前。俊一郎從小就擁有這份特殊的能力，因為他會為他人著想，告知對方出現死相的事實，不知不覺中周遭的人就開始罵他是「死神」、「惡魔之子」或「怪物」，紛紛嫌惡地避開他。明明他什麼壞事都沒做，卻幾乎所有人都認為根本是他招來了不幸的死亡。

在俊一郎的童年中，這種過於殘酷的情況持續了好一陣子。因此他在年紀尚幼時就極度不信任人類。要是繼續維持那種狀態，恐怕他最後會發瘋吧。

就在這個時候，發生了某件事……

他完全沒有那段記憶。某一天回過神來，他人就已經待在奈良的外婆家，而非過去與雙親一起生活的東京家裡了。自那時起，外公外婆兩人就承擔起養育他的責任。

話雖如此，外公外婆並沒有給他特別待遇。在家裡會派他去做家事，或是叫他當外婆工作上的助手，讓他試著觀察前來求助的委託人身上有沒有出現死相；針對他的能力進行研究，同時拚命尋找能讓他控制自身能力的方法。這些努力獲得了回報，最終他學會如何憑藉自身意志選擇「看」或「不看」。

外公弦矢駿作將外孫的特異能力稱為「死視」，這個命名風格與外公這位擁有一小群狂熱粉絲的怪奇幻想作家十分相符。他的作品有《長坊主》、《芒花女怪談》、《小片黑森林中的巨大紅色房子》、《亡靈燈檯》和《離開的孩子回來了》等書，每本內容都讓人寒毛直豎，讀者間流傳絕對不能一個人在半夜翻看他的作品，簡直要成為都市傳說了。對這種傳言嗤之以鼻，獨自在半夜看書的讀者中，有幾個人真實碰上恐怖事件的新流言也不脛而走。

外公一邊出版怪奇幻想小說，一邊持續撰寫《死相學》這份文稿。他的目的是為了分析俊一郎用死視看見的死相模樣——其外觀、形狀、或是色彩與濃淡等資訊——與實際死因之間有什麼關連，並據此分類，最終希望能建立一個完整體系。因此等到完成那天，肯定會成為極具份量的厚重著作。不過，應該根本找不到願意出這本書的出版社吧……這句話已經成了外公的口頭禪。

在這兩位與世間一般祖父母截然不同的外公外婆的照料下，俊一郎也逐漸成長到能獨立生活的年紀。只是，年幼時深植心底對人類的不信任，無法這麼輕易地消失。反而可以說，與其他人之間的疏離感，在他離開外公外婆身邊來東京開偵探事務所，開始與各式各樣的人接觸後，不停地困擾著他。

他沒辦法和別人好好談話。

對偵探來說，這是一個致命的缺點。但俊一郎不僅只有分隔兩地生活的外公外婆的協助，還有特地從奈良追著他來到東京的虎斑貓小俊貼心陪伴，以及因為案件而認識的人們的溫暖守護，他逐漸克服這個嚴重的問題。順帶一提，小俊是怎麼靠自己一個人，不，一隻貓，來到東京的，這點至今依舊成謎。無論怎麼追問，牠就是堅決不吐露。

不僅僅憑藉推薦信，第一次靠著自行判斷而接下的委託，就是山口由貴。有好幾個理由，不過最關鍵的應該還是因為她說「我是孕婦」這點吧。用死視觀察後，發現她身上出現明顯的死相，要是放著不管，不僅她本人，就連她肚裡的孩子也難逃死劫。

顯現的死相是，由貴左半邊的身體都籠罩在黑影之下。

一用死視看到這個畫面，俊一郎立刻懷疑是中風。八月時有位身為某間知名企業的執行董事、叫作內田的男性來訪，他的死相剛好跟由貴相反，是身體右半邊包覆在一層黑色霧靄之中。花時間深談了解他的生活後，俊一郎勸他趕緊去醫院檢查，結果後來他回報「醫生說我再晚個幾天過去就會因為中風倒下了」。由於曾有過這樣的案例，俊一郎立刻懷疑由貴可能也是同樣情形。

不過，在內田身上看見的陰影是薄薄一層地擴散在身體的整個右半邊。相較之下，由貴身上覆蓋在身體左半邊的陰影，顏色從脖子到腳顯得越來越濃稠，而且頭部幾乎看不到陰影。

這個奇妙的死相，究竟隱含什麼意義呢？

從這裡開始才是死相學偵探的真正任務。想辦法解釋看見的死相，探尋尚未化作現實、委託人將來的死因，然後阻止事情發生。要是錯誤解讀死相，搞錯了原本應該查明清楚的死因，毫無疑問地委託人將會死去。要說他自己陽壽已盡，確實也無可反駁；不過挺身對抗逼近眼前的死亡命運，正是擁有特殊能力的死相學偵探的使命。透過這份工作，俊一郎開始打從心底相信這點。

話雖如此，解釋死相的工作極為困難，並非光靠普通方法就能處理得來。因為死相的形狀或顏色等資訊中，不一定會出現直接簡明的提示。因此必須詳細詢問委託人的日常生活與人際關係，再從對方的過去經歷一路問到未來計畫，盡量推敲出似乎能和死相沾上邊的線索。簡而言之，就是必須在談話中收集資訊。這工作對於一個無法信任人類、抗拒與人交談的傢伙來說，簡直就像要他的命。不管喜歡與否，他都必須學會自然地應對進退。雖然這樣說對委託人們有些不好意思，但在這層意義上，對俊一郎來說，沒有比偵探事務所的工作效果更好的復健了吧。

即使外婆從小就嚴格教育他，但對於俊一郎獨身來東京當死相學偵探這件事，依然難掩心中的不安。她之所以會接受外公說的「差不多是時候該讓他一個人獨立看看了」這個意見，想必是因為領悟到這趟經歷能促使寶貝外孫成長。

就如同外公外婆所預料的，在這幾個月中，俊一郎逐步改變。雖然他給人的外在印象依舊是冷淡不討喜且言行粗率無禮，但至少他已經能毫無怯意地和委託人自然交談。這個變化相當重要。

「為什麼妳會想要來找我呢？」

因此，在用死視觀察過出現在事務所的山口由貴後，他順口就能說出這樣的問題。要是之前的他，肯定會在確認過死相之後，就不知道下一步該做什麼了吧。

「……那是因為，自從幾週前我去掃母親的墓之後，內心就開始莫名地覺得不安。」

由貴遲疑地開始描述。

「實際上我身體也不是很舒服，所以就去醫院——啊，我公公是萬壽會醫院的院長，所以我就去那邊看醫生。結果發現自己懷孕了，嚇了一大跳。」

她顯得有些慌張。

「因此一開始我以為是大家說的產前憂鬱症，想說可能自己身上也出現了孕婦特有的焦慮不安。」

「不過妳是在知道懷孕之前，就開始有這種感覺了吧。」

聽到俊一郎的話，她用力地點了點頭。

「而且，那個不安的念頭不僅完全沒有消失，反而隨著一天天過去，好像變得越來越強烈……」

「所以才來找我嗎？」

「之前公公認識的議員到家裡來時，他們有聊到這間事務所的事情。那個議員說，關西的愛染老師曾在幾年前救他一命。」

「那是我外婆。」

「啊、嗯，我也是這樣聽說的。當時我就突然想起來，公公和那位先生有聊到……那位愛染老師的孫子，在東京開了一間死相學偵探的事務所。」

此時由貴又露出猶豫的神情。

「雖然這段日子心中沒來由地感到不安，但只因為這樣就懷疑自己身上出現死相……總覺得會這樣想的自己可能是有什麼問題，而且我也知道像這樣沒有事先預約就突然闖進來很沒有禮貌——」

「不會，妳身上確實有出現死相。」

「……咦？」

由貴瞪大雙眼，一句話都說不出來。

「妳的不安預感是正確的。」

俊一郎繼續說下去，不過似乎完全起不了安慰作用，她的神色明顯透露出害怕。要是外婆在這裡，肯定會罵他「蠢蛋！怎麼會有人毫無預警地突然告訴對方啦。你是不會選一個比較好的時間點嗎！」雖說俊一郎的確有所成長，但顯然還沒厲害到能顧及對方的心理狀態。

「我、我……會死嗎？」

「放著不管的話。」

從前的他老是在講完這句話後就陷入沉默，經常將委託人推下恐懼深淵。不過這點他現在倒是學乖了。

「所以接下來要調查死相出現的原因。只要能找出死相的源頭，也就是說，如果能弄清楚將來的死因，就可以想出許多種解決辦法。所以——」

只是，非常遺憾，他說明的方式仍然有不小的問題。

「將來的死因……」

從由貴喃喃複述這句令人全身發冷的話語，露出受到二度打擊的神情中，可以百分之兩百地看出這點。

由貴的情緒變化，就連遲鈍如俊一郎都察覺到了。他立刻感到後悔，但話說出口就如同潑出去的水，一切已經無法挽回了。

俊一郎正一籌莫展時——

「……啊，貓咪。」

從沙發陰影中現身的小俊，靈巧地跑到由貴旁邊，喵地輕輕叫了一聲。

「好可愛，是偵探先生的貓嗎？」

「……嗯，是。」

「叫什麼名字？」

「……」

「牠的名字是什麼？」

「……小、小俊。」

俊一郎其實並不想回答，但一考量到小俊出現後委託人的變化，也只好投降。俊一郎做出讓步，然而小俊本人卻喵喵叫抗議個沒完，因為牠的全名其實是「小俊喵」。可是俊一郎已經成年，而且眼前的對象還是委託人，這三個字他實在是說不出口，只好裝作聽不懂小俊在叫什麼。

由貴溫柔地伸手將依舊不停抗議的小俊抱起來，愛憐地開始輕輕撫摸牠的頭，這瞬間小俊立刻態度大變，發出喵嗚喵嗚甜滋滋的撒嬌聲。看到這一幕，俊一郎忍不住苦笑。

這傢伙，只要是疼愛自己的人，根本不管是誰都好嘛。

不過，小俊替自己解圍也是不爭的事實。望著完全放鬆下來的委託人，俊一郎在心中暗自感激。

託小俊的福，由貴的問話進行地很順利。談話內容中有件事引起俊一郎的注意。去幫母親掃墓沒多久前，由貴開始定期去上游泳班，每次上課都是由剛剛考上駕照的另一位太太載她一起去的。那位朋友很愛聊天，開車時也總是講個沒完，俊一郎聽了之後，馬上懷疑將來的死因是車禍。

可能是駕駛一個不小心沒有注意到紅燈，在十字路口遭左方來車猛烈撞上副駕駛座，造成由貴下半身受重傷而死吧。

俊一郎記得在外婆身邊用死視觀察委託人時，確實曾經看過類似的死相。只是，那時什麼事情都是外婆在處理。他只要描述自己看到何種死相，剩下的工作全部由外婆一手包辦。

「請等一下。」

他跟由貴說一聲後，就走進裡面的房間，掏出手機打電話給杏羅的外公外婆家。雖然事務所的辦公桌上有室內電話，但在委託人面前打電話並不妥。

「喂喂，我是在東京的俊一郎。」

一有人接起電話，他立刻就明確報上身分。從前的他絕對不可能做這種事，但這也是有原因的。

無論有沒有事情要找愛染老師商量，杏羅的家裡總是擠滿外婆的信徒，明明沒有人拜託她們，那些人卻主動幫忙做家事。這當然讓人很感激，只是以前有次負責接電話的年長女性，就因為俊一郎對答不夠得體，誤以為他是詐騙集團，造成他心中的陰影。雖然對方確實不應該過於武斷，不過即使打電話回老家也沒辦法好好講話這點是自己的問題，讓俊一郎感到相當灰心。後來每次打電話回杏羅的家時，他都一定會報上名號。

『哦，請問是哪位呢？』

不過，這天接電話的似乎是位年紀很大的重聽女性，一開頭就不順利。

「我是住在東京的俊一郎，請問我外公在嗎？」

『愛染老師現在正在忙。』

「不，我不是要找外婆，是要找外公。」

『就跟你說愛染老師——』

「她是外婆吧。我要找的是我外公。不是弦矢愛，是弦矢駿作。」

『這樣呀，弦矢駿作老師的話，是愛染老師的先生——』

「我知道。請叫愛染老師的先生，弦矢駿作老師來聽電話。」

『你有預約嗎？』

「……講電話不需要什麼預約吧？」

『弦矢駿作老師也是忙得要命，他正在寫一本叫作《死相學》的艱深著作呢。』

「關於那本《死相學》——」

『當然愛染老師忙碌的程度更是在他之上。老師宛如偶像明星般的美貌和高人氣，讓世間大眾捨不得不來找她呢。還有好多年輕男性紛紛提出邀約——』

「……我說呀，妳是外婆吧？」

俊一郎嘆了一口氣後，直接確認對方身分，電話另一頭突然安靜下來。

「雖然我差點被妳裝出來的聲音騙過去了，但能夠恬不知恥地講這種非事實的自我稱讚的人，就只有外婆妳本人了啦。」

『你說什麼？你這孩子真是有夠沒禮貌。好一陣子沒見的外婆想跟你多聊些熟悉的話題，這是你該回的話嗎？』

年紀都這麼大了還裝別人的聲音欺騙自己外孫……外婆似乎打算當作沒發生過這回事。

『給我聽好，來我們家的信徒們，不管哪個都愛我愛得要命，這你也知道吧？』

雖然此言的確無半分虛假，但大家認同的是外婆身為靈媒擁有的強大能力，嘴上不饒人但表裡如一的個性，還有對金錢囉嗦算得很精但並非守財奴，費用也只收隨喜謝禮的乾脆豪爽，此外還有絕不饒恕那些仗勢欺人之輩的反骨精神。就算是有哪裡搞錯，也不可能是因為她有偶像明星般的美貌和高人氣。

更何況，外婆根本就沒有那種東西呀。

話雖如此，他要是膽敢把這句話說出口，肯定得吃不完兜著走，因此俊一郎只是重複自己的問題。

「外公不在家嗎？」

『你呀，比起我，是更想聽那老頭的聲音嗎？』

「外婆的聲音我不是已經聽到了嗎？」

『唉，我是花了多少力氣才把你養到這麼大呀。那是在你六歲的時候——』

外婆一開口肯定就會拉拉雜雜說個沒完，他趕緊把自己打電話的理由講出來。

「外公有在就快點叫他來聽。關於『死相學』我有事情想要問他，現在委託人在外面房間等著——」

『蠢蛋！這個你不會早點講呀。真是的，居然把委託人放著不管，這孩子就是光顧著玩耍。』

光顧著玩耍的是外婆妳吧——俊一郎還來不及回嘴，外婆就已經去叫外公了。

『什麼樣的死相？』

沒等多久外公就接起電話。他和外婆截然不同，完全沒有多餘廢話，立刻切入正題。俊一郎將山口由貴身上出現的死相仔細地描述一遍。

講完後，外公說過去也有過幾次類似的案例，大部分都是車禍的凶兆，只有一次是電車意外，從這點再加上由貴提供的各種資訊來考量，外公認為車禍這個解釋應該是成立的。和俊一郎的想法不謀而合。

「我知道了，我會從這個方向去思考。」

『喔，你加油，那就這樣吧。』

外公正要掛電話時，從話筒中隱隱約約傳來說話聲，好像是人在旁邊的外婆講了什麼話。

『……那個說會跟你收諮詢費。』

那個，自然是指外婆。

「什、什麼？這是怎樣？」

俊一郎太過驚訝，傻愣愣地反問後，外婆突然搶過話筒。

『為了正確解讀死相，你參考了這個人《死相學》原稿的內容吧。那付個謝禮也是理所當然的呀。』

「那份原稿的題材，不都是我用死視觀察的結果嗎？說起來提供原稿內容的人是我耶。」

『你這孩子講話怎麼這麼見外呀，外公和孫子間幹嘛算那麼清楚。』

「既、既然這樣——」

也不需要付什麼諮詢費吧。他還來不及回這句話，外婆單方面匆匆丟下一句『我會記在你帳上』，就馬上掛斷電話了。

「我好不容易才剛剛付清欠外婆的費用的……」

俊一郎忍不住發牢騷。在錢這件事情上——更精確地說是在幾乎每件事上——他都不是外婆的對手。

外婆的顧客遍及全國每個角落，還廣泛地散布在各種業界和職種中，因此交織成一張獨家情報網，妥善運用就能發揮莫大功效。至今俊一郎也總是拜託外婆進行案件相關人士的身家調查，不過每次都需要收費。而且依據調查的緊急程度，費用還會有所調整，非常嚴格。她當初說還有集點卡這件事好像只是在開玩笑，不過俊一郎實際上真的有收到外婆寄來的請款單，讓他完全笑不出來。

在偵探事務所的業務步上軌道之前，支出總是高過收入，導致他不得不推遲付款，結果接到好幾通催款電話。不過他用六蠱案件中協助警方破案所獲得的酬勞，總算一口氣還清了拖欠款項。

「結果現在又來了。」

俊一郎正覺得厭煩時，突然一個念頭閃過。

外婆該不會是希望盡量和他保持金錢上的借貸關係吧？只要寶貝外孫欠自己錢，就可以常常打電話來催討，藉此跟他講上幾句話。這倒是很像愛面子的外婆會做的事，搞不好她只是想要一個藉口打電話給他吧？要真是這樣，那不是還滿可愛的嗎？

他想到這裡，又馬上搖搖頭，否定了這個想法。

「不可能啦，外婆只是對錢很囉唆罷了，不可能有其他理由。」

他趕緊回到接待處，向委託人說明死相所代表的意義。

「你的意思是，我坐在那位朋友車上的副駕駛座時，會發生車禍嗎？」

由貴似乎對這個解讀也相當認同，再三表達佩服之情。

「當然沒有任何證據能保證這個解釋百分之百正確。」

這句話簡直就像是在對相信自己的委託人大潑冷水，不過俊一郎沒有絲毫隱瞞，清楚告訴她。

「也有可能是某種疾病，不過妳已經去看過醫生了。況且從過往案例來看，車禍的可能性也非常高。」

「我明白了，總之我不會再搭她的車，平常生活中我也會特別留意。」

像由貴這麼明理懂事的委託人非常難得。大部分人都會要求「教我絕對能保住性命的方法」，只要遵守那個方法，之後就萬無一失——幾乎大多數委託人都想要這種保證。

可以理解他們的心情，但現實中並沒有這麼好的事。俊一郎坦白告知後，委託人的反應大致上二分為「不管多少錢我都付給你」和「光是可以看出死相根本沒有用嘛」。即使如此，委託人多半最後還是會接受他的講法。自然是因為他們還不想死。

比起這些想要尋求安全感的顧客，由貴真的是一位非常好處理的委託人。可能是因為這樣，俊一郎也盡力將腦中所能想到的注意事項都告訴她，然後才送她走出事務所。

十一天之後的傍晚，山口由貴打電話來，說那天下午，之前提過的那位朋友發生車禍。她一邊講手機一邊開車，沒注意紅燈就打算穿越十字路口，左方來車雖然緊急剎車但還是來不及，直接狠狠地撞上副駕駛座。不幸中的大幸是，那位太太和對方駕駛都只有輕傷，不過要是由貴當時也在車上的話……

她已經在電話中再三向俊一郎致謝，今天親自來訪時更是不斷拚命道謝。這瞬間俊一郎打從心底感到喜悅，覺得「當死相學偵探真是太好了」。

明明在年紀還小時，所有人都認為這是遭到詛咒的能力……

然而今天，卻能像這樣幫助委託人撿回一條命。不，這樣說來，從開始協助外婆工作時，他的能力就已經對他人做出莫大貢獻了。

俊一郎難得沉浸在萬千感慨之時，事務所的門上傳來了敲門聲。

「來了！請等一下。」

他抱著小俊站起身，將小俊送進裡面房間後，順手將謝禮點心擺到多功能事務機上，再走回沙發朝著走廊方向說：

「請進。」

開門走進來的是兩位看起來約莫二十歲上下的年輕女性。俊一郎立刻用死視觀察兩人，其中有一位身上清楚出現了死相。

二 駭人的死相

身上出現死相的是就讀天谷大學文學院本國文學系三年級的管德代，另一人則是在銀行工作的峰岸柚璃亞。

兩人過去就讀同一所高中，都是網球社社員，因此畢業後也持續往來。順帶一提，聽到當初擔任隊長的並非柚璃亞而是德代，俊一郎大感意外，因為乍見兩人的印象是德代沉靜溫順，柚璃亞活潑外向。

帶著推薦信的人是柚璃亞。她爸爸是某家銀行的大老闆，銀行顧客中的某間企業董事長在幾年前「曾被愛染老師救了一命」，因此才有了這封推薦信。

今天柚璃亞是提早離開公司，特地陪著德代前來。不過從俊一郎看來像是，柚璃亞半強迫地拖著德代過來的。講好聽點是為朋友著想，講難聽就是多管閒事了。不過，德代身上確實出現了死相，從結果來看，倒是該稱讚一下柚璃亞的果決魄力。

「是說——」

在兩人分別自我介紹，俊一郎確認完推薦信後，柚璃亞像是一直耐著性子等待這些必要步驟結束似地，立刻直直地望著俊一郎——

「你真的看得見死相嗎？」

絲毫不拖泥帶水，單刀直入地發問。

「妳是群疑滿腹嗎？」

「啊？」

「就是妳心中塞滿很多疑問的意思。」

「這種艱深詞彙你也知道。」

這也是在外公外婆身邊耳濡目染的結果。自從俊一郎上小學之後，兩人就開始在日常對話中使用四字成語和諺語，如果不搞懂那些話的意思就沒辦法交談，因此俊一郎學會要勤翻字典。拜這點所賜，他年紀輕輕就知道許多艱深的用語。之前偶爾在和委託人對話過程中脫口而出時，總是搞得對方一頭霧水。或許是因為不擅於與人溝通，不自覺想用四字成語和諺語來蒙混過去吧。最近這種壞習慣比較少出現了，不過隔了好一陣子今天又不小心說了出來。

柚璃亞再度朝俊一郎投以意味深長的目光。

「你該不會是想靠講一些我們聽不懂的話，來避開不想回答的問題吧。」

「並不是。」

「那我再問一次。你真的看得到死相嗎？」

「看得到。」

他大方回答後，柚璃亞仍舊緊盯著他好一會兒，才說：

「對不起，我剛剛不太禮貌。」

她似乎是心中有了答案，突然放鬆肩膀的力氣，緩緩靠上沙發椅背。

「柚、柚璃亞她……」

剛剛一直顯得坐立難安、擔心地反覆看著俊一郎和好友表情的德代，像是下定決心吐露祕密似地——

「她有一點……特、特異體質。」

「不。」

「原來如此，那麼，峰岸小姐是判斷弦矢俊一郎這個人能看見他人的死相了嗎？」

柚璃亞立刻搖搖頭。

「但是，我感覺到偵探先生你似乎有某種一般人沒有的力量。至於那是不是能看見死相的力量，這我就不知道了。」

我有特異體質——

偶爾會有委託人這樣說，其中女性的比例多於男性。通常她們都會說，因為自己的特異體質才會察覺降臨到自己身上的死亡陰影，因而來到這間偵探事務所。這種情況的委託人大致上可以分成兩類。

其中一類在俊一郎告知看見死相後，反而會認為這證明了自己的第六感相當準確而感到開心，毫無遲疑地坦率接受。不管她們實際上有沒有特殊的第六感，這種委託人很好處理。麻煩難搞的是主動提出要活用自己的靈異第六感，幫忙偵探工作的另一類。這類族群實際上等同於毫無特異能力，只會增加俊一郎的麻煩，讓他十分受不了。

不過，峰岸柚璃亞無法歸類在這兩類中。她似乎只是單純對於弦矢俊一郎是否真的具備看見他人死相的能力這個問題感興趣而已。

「那你有在代子身上看見死相嗎？」

「袋子？」

俊一郎露出詫異的表情，柚璃亞一臉覺得好笑地解釋：

「她從以前就討厭自己的名字，討厭得不得了。說什麼管這個姓聽起來感覺很嚴厲，德代這個名字更是早就落伍，像歐巴桑一樣。因為管和德這兩個字她都討厭，剩下來的就只有代了。因此大家就叫她小代或代子，不知不覺中她的綽號就成了代子。」

理解稱呼原由後，早將當初嚇到山口由貴的教訓拋諸腦後的俊一郎說：

「代子小姐身上的確有出現死相。」

單刀直入地坦白告之。不過或許是因為他突然從眼前兩人身上感覺到某種山口由貴沒有的、令人厭惡的氣息……

「咦？」

出人意料地，柚璃亞露出震驚的表情。當事人德代自然明顯大受打擊，不過似乎柚璃亞受到的衝擊更為劇烈。

「……等、等一下。這麼重要的事情，不是應該更為慎重地說嗎？」

不過她立刻就重振心情，開口提出抗議。

「至少先幫當事者建立心理準備之後——」

「會來我這裡的人，就算內心仍對是否真的有人看得見死相這件事感到半信半疑，目的應該就是確認身上是否有出現死相。我也會在委託人走進事務所時，就先用死視看過。所謂死視，就是指觀看死相這個行為。要是我沒有看到死相，不管對方嘴上怎麼說自己生命受到多大的威脅，我都會請他直接回去。如果看到死相，就會請對方到沙發上坐，告知對方這個事實，並想辦法找出死相的意義。」

「這種作法也太——」

柚璃亞還打算抗議……

「最要緊的問題，是時間。」

不過她在聽到俊一郎的下一句話後，就立刻就安靜下來。

「大家並不是在死相一出現後，就立刻來到這間事務所。就算身體突然出狀況，或是周遭出現一些不吉利的怪事，一般人也不會想說……該不會是自己身上出現死相了吧？」

柚璃亞用力地點了點頭。

「而且，必須要知道這間事務所的存在。」

「還要有可靠的推薦信呢。」

她語帶嘲諷，但俊一郎並沒有出言否認。

「換句話說，當委託人來到這裡時，很有可能時間已經所剩不多。」

「……平均來說，大概是剩多少時間呢？」

雖然顧慮德代的感受，柚璃亞還是直截了當地追問。

「死相是在委託人來這裡之前多久開始出現的，要查明這點非常困難。就算知道，從死相開始出現到實際死亡為止，當然也並非總是有一個固定的時間長度。所以就算花力氣調查，很遺憾地通常也不會有任何幫助。」

「咦，是這樣嗎？」

「死相出現的理由有千百種，而死相帶來的結果——也就是死亡本身，也有自然死亡、意外死亡、病死、自殺和他殺等各種可能。就算統一稱為死相，也不能斷言含意絕對相同，反而應該看作全部相異才對。」

「理由和結果是有關連的吧？」

「一開始是有一個理由，也就是起因。這個起因具象化之後——雖說一般人還是看不見——就會以死相展現在外，接著那個死相會以某種方式讓當事者死亡。這是一個連續的過程，不過從起因發生到實際死亡之間會經過多少時間，每個案例皆不同。就算能夠找出起因，也不見得能得知死前還剩下多少時間。」

「有可能非常短，也有可能還相當久……」

「沒錯。」

「換句話說，必須在連剩下多少時間都不清楚的狀態下，調查死相出現的原因，並想辦法將之去除……」

「是的。」

「……這不是很困難嗎？」

雖然好不容易把朋友帶過來了，但是眼前這個年輕小夥子真的能完成這麼艱鉅的任務嗎？柚璃亞臉上突然浮現不安的神情。當事人德代自然是從剛剛起臉色就沒有好過。

「嗯，並非容易的事。不過，接受這種困難的任務，就是弦矢俊一郎偵探事務所的工作。」

多年來協助外婆的經歷中，俊一郎建立了他對死相獨特的觀點。

委託人是收到死相這封預告信，即將在不遠的將來受害的被害者。

造成問題的死相本身，則是隱瞞下手動機，將致委託人於死地的犯人。

而弦矢俊一郎自身，便是找出藏匿在死相背後的動機，並且將委託人從死亡陷阱中救回來的偵探。

他將這個想法告知兩人後——

「所以才叫偵探事務所呀。」

柚璃亞的語氣聽來是理解了，不過沒過多久又犀利地追問：

「那麼偵探先生你至今應該有做出些成績吧？」

「雖然是有，不過還需要多努力。」

「怎麼這樣……」

俊一郎老實回答後，柚璃亞的表情立刻蒙上一層陰影，他只好慌慌張張地將外公正在撰寫的《死相學》搬出來說明。

「……什麼呀，這樣不是經驗相當豐富了嗎？」

柚璃亞明顯放下心來，又繼續問下去。

「只要在你外公寫的那本書裡，找出和代子身上死相十分類似的案例，幾乎就可以說是解決了吧？」

「確實也有這種例子。」

俊一郎將山口由貴的案例避開個人資訊描述一遍後，兩人臉上微微展露笑顏。

「你在代子身上是……」

看到怎樣的死相？柚璃亞話問到一半又閉上嘴。想必她認為在當事者面前談論這種細節還是不妥吧。

「關於死相的模樣，不僅是當事人，就連第三者我也是盡量避免告知。」

「為什麼？」

柚璃亞雖然露出鬆了一口氣的表情，但仍是發揮打破砂鍋問到底的精神。

「因為要是其他人擅自猜測其中含意，會造成我的困擾。」

「但是和當事者一起討論推敲，不是能更快找出原因嗎？」

「如果我判斷這個人可以討論，就會在取得本人同意的情況下，向他說明我看見的死相形貌，一起想辦法解決。不過，在幾乎大部分人身上，通常都只會造成反效果。」

「……說的也是，應該打擊會很大吧。」

柚璃亞回答。俊一郎的視線從她移到德代身上，以防萬一他又用死視看了一次。不過，她全身上下依然如同剛踏進事務所時顯現的那般，出現了極為駭人的死相。

俊一郎能看見的死相，不僅限於對方臉部。有像山口由貴那樣只出現在身體，頭部完全沒有的人，也有僅顯現在脖子或背後等特定部位的情況。而且有些人即使穿著衣服也能靠死視確定他的死相，也有些人像第一位委託人內藤紗綾香那樣，必須要脫到全裸才能掌握整體情形，實在難以一概而論。

幸好管德代的死相即使穿著衣服也看得見，那片像是包覆在她身體上的陰影，想必問題相當大。當然無論何種死相都是個問題，可是管德代身上散發出的不祥氣息，透露著極為邪惡的意念。

「還有其他問題嗎？」

對於俊一郎的詢問，柚璃亞回答「沒有」，德代則虛弱地搖搖頭。

先讓委託方將有疑慮的地方全部說出來，自己盡可能地回覆之後，再開始切入關於死相的話題較為妥當——這是他經營偵探事務所至今摸索出的重要訣竅。

「那麼管德代小姐，讓妳——」

「請叫我代子。」

至今都顯得逆來順受的德代，第一次清楚地表明自己的意見，俊一郎不禁微微感到訝異。不過他立刻就接受當事者的要求，改口說：

「那麼代子小姐，讓妳開始懷疑自己身上出現死相的契機是什麼？為什麼妳會這樣想呢？」

一聽見俊一郎的問題，德代的模樣變得不太尋常。

「其實關於死相的原因，我們心裡有個底。」

結果是柚璃亞代替她回答。

「你聽過位於摩館市的『無邊館』嗎？」

雖然有印象，不過一時半刻想不起來，俊一郎歪著頭努力回想。

「今年四月下旬，一個戴著恐怖白色面具、身穿滿是拼接補釘衣服的謎樣凶手，犯下殘忍的隨機連續殺人案的那棟建築物。」

聽了她的說明，俊一郎立刻就想起來了。

這個案子雖然當時在社會上引起軒然大波，不過差不多剛好同一時期，他正待在世田谷區音槻入谷家裡，因為後來稱作「十三之咒」的那起離奇連續死亡案件而煩惱，因此不管其他地方發生了多麼重大的新聞，他根本沒有精神理會。

他開始收集無邊館殺人案件的情報，是在費盡九牛二虎之力解決入谷家案件之後的事了。這種講法雖然有失莊重，但這起案件確實相當有意思，能勾起俊一郎的興趣。

「所有被害者都是遭銳利的凶器刺殺、劈砍而死……」

「沒錯。無邊館那時正在舉辦以《恐怖的表現》為題的藝術展開幕酒會，主辦人是電影導演佐官甲子郎——」

「日本恐怖電影的代表作之一，《黑色毛球》的導演吧。」

「劇本也是導演自己寫的。其他還有《西山吾一慘殺劇場》或《斬首運動社》這類不光只是恐怖，劇情設定也相當獨特的作品。」

「我每一部都看過。」

「《恐怖的表現》展覽邀請的，都是恐怖領域中各種業界的人士。不過電影導演只有佐官甲子郎本人……從出席賓客的組成，就能看出佐官導演的人品。」

「例如說，他脾氣相當壞，和其他電影導演總是會立刻吵起來。」

「嗯，所以即使有其他導演接到邀請，也肯定不會出席吧。在酒會現場，有個身著奇裝異服的傢伙闖進來，突然展開血腥殺戮。」

「不過，幾乎沒有人注意到現場正在發生如此駭人的案件……」

「這實在讓人難以置信呢。不過雖然剛剛說他奇裝異服，但當時舉行的是變裝派對，而且因為展覽主題，有很多人都扮成恐怖電影中的殺人魔或喪屍模樣。凶手頭上戴著電影《月光光心慌慌》中殺人魔麥克·梅爾那頂有頭髮的白色面具和《黑色星期五》裡已經成為傑森·沃爾希斯知名註冊商標、冰上曲棍球守門員戴的那種臉部用護具這兩者組合而成的東西。服裝聽說也與《德州電鋸殺人狂》（註2）中的殺人魔十分相似。」

聽了柚璃亞詳盡的說明，俊一郎不自覺地苦笑起來。或許是他也喜歡恐怖電影，因此油然而生一股奇妙的親切感。

「新聞媒體因為他是『變裝成恐怖電影殺人魔的殺人魔』，所以稱呼這個凶手是『恐怖殺人魔』或『變裝殺人魔』。」

「正因為如此，凶手才能在變裝派對中，完全混入人群消失蹤跡吧。」

「而且無邊館是位在傳統日式宅邸區外的一棟巨大宅邸——不，應該說是彷彿旅館般的龐大建築，兩層樓高，擁有不計其數的房間。再加上屋子內四處放置著展覽品，這些東西也發揮遮蔽效果，可說凶手極為善用屋內的環境。」

「至今還是搞不清楚凶手的真面目和犯案動機，我記得尚未破案……」

「目前的確是如此呢。因此也開始有人說這是詛咒或怨靈作祟之類的。其實，那裡以前曾有一間原本是當地大地主真鍋家的傳統日式大間宅邸，可是他在日本泡沫經濟即將崩盤前受人勸誘投資了新事業，造成無可挽回的龐大損失，最後房子和土地都被利福集團扣押，墜入絕望深淵全家自殺。無邊館就建造在那個地點上。」

註2：《月光光心慌慌》為約翰．卡普特拍攝的系列恐怖電影，第一集於一九七八年推出，片中麥克．梅爾的面具殺手形象也早已成為經典造型，不斷被模仿。「黑色星期五」系列是美國八〇年代著名的低成本恐怖片，自上映以來即擁有高人氣，系列中的連續殺人魔是傑森．沃爾希斯。「德州電鋸殺人狂」系列第一集於一九七四年上映，是成本低，製作日期短，票房卻席捲全美的經典之作，影響了無數後世的恐怖電影。

「我碰巧在新聞上看到的，似乎是一棟擁有氣派長屋門（註3），別具風味的日式宅邸呢。」

「你對建築有興趣？」

「倒沒有特別……」

俊一郎會受到充滿歷史感的事物吸引，自然也是因為他由外公外婆拉拔長大的影響吧。

「當時利福集團的董事長將那棟極有價值的日式宅邸拆掉作為建地，在上面蓋了歐式建築。你聽過利福吧？從高利貸起家，急速擴張的一間企業。」

「因為逃稅和其他嫌疑，董事長遭到逮捕——」

「嗯，後來也發生了各種騷動，結果那個董事長最後也破產了。只好將剛蓋好的歐式宅邸拿去拍賣，由當地的垂麻家以十分低廉的價格買進。」

「垂麻家……」

「從戰前就存續至今的摩館市知名貴族，不過現在已經沒落了，聽說過去曾有許多不好的傳聞，十分特異的一個家族。今年八月發生在摩館市、名古屋市、京都市與田城市那件和摩館市立第三小學過往同學有關的連續殺人案件，有些人在暗地流傳說凶手就是垂麻家的人……」

「不過妳知道的也真清楚。」

俊一郎真心感到佩服。

「我只是單純喜歡各種恐怖的事物啦。」

柚璃亞稍微有些不好意思地謙虛說道。

「雖然不曉得那個垂麻家葫蘆裡賣的什麼藥，不過他們將那棟洋館取名為『無邊館』，開始用極為便宜的價格出租。」

「不是居住用的嗎？」

「並非借給別人住，而是提供給需要展示會場或宴會場地的人——而且還限定必須是藝術相關活動。」

「那一家裡是有人成了藝術家的贊助者嗎？」

雖然只想到這個可能性，不過她微微地搖了搖頭。

「聽說那個藝術相關活動的規定也十分奇特，活動內容要是沒有沾上非現實的邊，還不借給你用喔。」

「這是什麼意思？」

「他們似乎只接受怪奇、殘虐、幻想、恐怖、戰慄……這類扭曲的主題……」

註3：日本江戶時代，上級武士在住家旁建有長屋給家臣居住，這種長屋開有大門。現在在富裕的農家中也看得見這種建築。

「他們完全沒有用無邊館的租金來賺錢的想法嗎？」

「從地點來考量，那棟建築物要光靠舉辦活動賺錢，可能相當困難吧。」

大概是由於工作性質，柚璃亞講話的方式充滿說服力。

「有錢人的消遣娛樂嗎？」

「垂麻家有寬裕到能做這種事嗎……？」

她委婉地否決了俊一郎的說法，內心似乎有什麼其他想法。

「那麼為什麼要特地買那棟房子呢？」

「這只是我自己的想像，垂麻家該不會是打算在那裡逐漸累積邪惡的意念吧？」

「……」

「原本身為地主、也住在那裡的真鍋家，全家都自殺了，因為借貸關係牽連其中的人物也破產了。作為房地產，這絕對不是一個好商品。然而將之買下的是，在當地自古以來即遭受怨恨的家族，而且出借宅邸的條件明顯地十分詭異。擅自推斷垂麻家有什麼特殊企圖，這個是我想得太偏頗了嗎？」

「是這個意思呀。不，我認為十分有可能。」

這個瞬間，俊一郎的腦中浮現了那個黑術師，不過他刻意不去想這件事。現在必須將全副精神集中在眼前的委託人身上。

「有點講太遠了。因為那棟屋子有這麼多故事，所以才會有人傳說殺人案件也是因為怨靈作祟而起。」

「可以理解。」

「不曉得為什麼，垂麻家把那棟無邊館賣掉了。」

「咦……？」

「回到剛剛講的話題，這樣一來我的假設就變得不太合理。因為他們很乾脆地就放棄了發生悽慘凶殺案的那間屋子。」

「可能是因為計畫被打亂了。」

聽到俊一郎的話，柚璃亞皺起眉頭問：

「什麼計畫？」

「我認為妳對於垂麻家的看法是正確的。那麼，為什麼他們要賣掉無邊館呢？假設垂麻家確實擬定了一個計畫，要在那裡漸漸拉高邪惡活動的程度。咒術儀式這種東西，通常都必須遵從複雜的步驟。但是，結果突然發生了殺人案。本來應該是當作最後收尾的行為，在尚未充分準備好的情況下就預先發生了。因此無邊館對垂麻家就失去利用價值，只好轉手賣掉。」

「太、太厲害了。」

柚璃亞幾乎要拍起手來，雙眼閃耀著興奮的光彩，叫了出來。

「一定是這樣。肯定沒錯。」

「不、不，這個只是想像——」

「就算如此，絕對很接近真相啦。」

雖然俊一郎完全無法理解她這種自信是打哪兒來的，不過因為話題又岔開了，他發問拉回正題。

「那棟無邊館和代子小姐身上的死相，到底有什麼關係？」

聽到他直截了當的疑問，柚璃亞臉上浮現苦笑，低垂下頭。

「不好意思，結果要緊的事我什麼都還沒說對吧。」

她也向德代投以蘊含歉意的目光，接著解釋：

「其實我們曾經跑進去，那棟現在已經成為廢墟的無邊館。」

「為什麼？」

「當然是因為有興趣，就是個小型試膽大會的感覺。至少我的想法是這樣。代子她原本很害怕不想去，後來還是陪我……」

如果管德代是因此身上才出現這種死相，那麼她付出的代價實在相當高昂。

她全身都被一層薄薄的黑布包覆著。只是，上面可以看見好多道細長裂縫。宛如遭到鋒利刀劍劃開、像是傷口般的割痕，滿布在那層死亡薄幕上。

三　無邊館

十一月下旬的某個星期五晚上，朝著摩館市一路奔馳的賓士轎車內，眾人紛紛講述各種怪談。坐在駕駛座上的是這台車的車主長谷川要人，副駕駛座上是峰岸柚璃亞，後座是要人的朋友湯淺博之，和他旁邊的管德代。

兩位男性年紀稍長，都是二十八歲。管德代一想到今晚的目的地和計畫，就打從心底慶幸還好男伴們並非同年紀的毛頭小子。

上上週的星期四，柚璃亞在一場聚會中和賓士車主長谷川要人聊得相當起勁。順帶一提，參加那場聚會的女性全都在銀行等金融機構工作，男性則皆為房地產相關人士。換言之，這就是以前俗稱的聯誼。

「雖然事先不曉得對方職業的聚會也很有趣，但是從一開始就講清楚也很好，事情簡單多了。至少不需要去探聽對方的工作和年收。」

這是柚璃亞的意見，不過她還有其他必須問清楚的條件。那就是，對方是否熱愛所有恐怖事物這個問題。害怕恐怖事物的膽小鬼，還有相反地會對怪談嗤之以鼻的傢伙連提都不用提，只是不討厭這種程度也不合格，她想要的是能和自己一起享受戰慄感受的愛好者。

即使從同為女性的德代眼中來看，峰岸柚璃亞長相甜美、身材好、個性又十分開朗，擁有讓所有人喜歡上她的特質。再加上她爸爸是知名銀行的大老闆，她能進現在這間公司也完全是靠爸爸的庇蔭。雖說如此，她高中時成績相當優秀，真不曉得她為什麼不上大學。德代一直對這件事感到不可思議。

「我也沒有什麼特別想學的領域，不如早點出社會，找個好男人結婚，這才是我的夢想。」

柚璃亞嘴上雖然這樣講，但話中到底有幾分真實性，至今德代還是摸不清楚。要是真心想找個條件出色的男人結婚，一般應該不會強迫對方接受自己愛好恐怖事物的特質吧？

不過她對這點非常堅持，因此幾乎和歷任男朋友都交往不了太久。雖然也曾有男人實在太過迷戀她，下定決心要克服自己對恐怖事物的厭惡之情，但是在每晚電話中的怪談分享和每個週末都要看恐怖電影ＤＶＤ的轟炸之下，最後還是嚇得夾著尾巴逃走了。真是一個可憐的男人。

能夠獲得恐怖狂熱分子柚璃亞賞識的這位長谷川要人，上週五在表參道的西班牙餐廳共進晚餐時，德代對他的第一印象倒是覺得有點難說。他爸爸是某間知名房地產公司的老闆，他本人也是年紀輕輕就在相關企業擔任董事，外貌和個性也絕對不差。只是，在腦中想像他和柚璃亞成為情侶的模樣，就覺得怎麼樣都不太對勁。男生缺乏了一種耀眼的風采。

雖然我也沒有資格講人家啦……

德代在心中嘀咕，暗中苦笑了一下。

雖然她和柚璃亞從高中時就是好朋友，不過兩人無論是長相、個性或家世，毫無任何相似之處。因此當時有一些同學在背地竊竊私語，認為「柚璃亞跟德代要好，只是為了把她當成襯托自己的綠葉角色」，但兩人絲毫沒有放在心上，因為她們有一個獨一無二的共通點。

熱愛恐怖事物……

真實怪談、靈異照片、恐怖影片、靈異地點、遊樂園裡的鬼屋、恐怖電影、恐怖遊戲、恐怖漫畫還有恐怖小說等，總之只要是跟恐怖有關的事物，兩個人都興致高昂。不過德代有一個地方與柚璃亞截然不同，那就是，她其實相當膽小。

一直以來，她媽媽和許多朋友就對她明明膽子超小卻熱愛恐怖事物這種性格感到不解，她的矛盾行徑經常讓別人目瞪口呆。不過只有柚璃亞不同。

「妳居然會感到害怕，這真是太令人羨慕了！」

她的說法是，想要發笑和流淚的人比較容易滿足自己的需求。只要去找那種類型的電影或書籍來看，就能笑出來或哭出來。

可是，她覺得想要感到恐懼卻是難上加難。因為只要是恐怖事物，她全部都喜歡，所以在感到「害怕」之前，她會先浮現出「好有趣」的念頭。而真正膽子小的人，應該是打從心底厭惡這類事物，要是遇上恐怖情境應該只會覺得難熬。

也就是說，像德代這樣既熱愛恐怖事物，實際體驗時又嚇得要命……是最理想的狀態，讓她好生羨慕。

對於德代的特殊嗜好，柚璃亞是真心羨慕得不得了。她是打從心底認為，與熱愛恐怖事物的膽小鬼這種特質相比，自己的美貌與好身材這些出色條件根本都算不上什麼。這也難怪和她交往的每個男人，都免不了吃盡苦頭。

因此，即使長谷川要人沒有迷人風采，只要他能無窮無盡地說出讓柚璃亞興奮的怪談故事，擁有某種能觸動她身為恐怖事物愛好者心弦的某種能力，應該就還可以再撐一陣子。但是，他看起來不像擁有這種能力，反倒是他那個大學時代的朋友，湯淺博之比較積極在講恐怖故事。

柚璃亞心裡到底在打什麼主意？

四人共進晚餐時，德代不停地在心中揣測。而這個疑問終於在用完餐，轉移陣地到六本木的酒吧時獲得解答。

「長谷川先生的公司，有一間不得了的房子喔。」

柚璃亞意味深長地說。

「啊啊，妳說那個呀？」

接話的要人神情顯得有些不自然。像是想在柚璃亞面前誇耀，藉此吸引她的注意，但要是耍帥過頭又會讓情況難以收拾，對其中分寸的拿捏感到為難的表情。

「代子妳也曉得吧，摩館市的無邊館。」

「……嗯，發生殘忍案件的那棟屋子吧。」

那個問她曉不曉得的人，之前有好一陣子成天在她耳邊反覆詳述這件事，講到她都煩了，所以德代立刻就想了起來。

「那棟無邊館，現在是長谷川先生的公司在管理喔。」

「不過，那裡在案件發生後好像成了廢墟……」

「嗯，似乎是這樣沒錯呢。自然是沒辦法立刻出售，所以與其說是廢墟，更像是空屋吧。」

對於柚璃亞的說明，要人大方地點點頭。

「他說要帶我們去那棟無邊館喔！」

不過，聽到柚璃亞的下一句話，他的表情立刻僵硬。

「這樣沒問題嗎？」

德代不自覺地感到擔心——還是要顧及他身為社會人士的立場——開口詢問後……

「因為還沒有正式納入本公司的房地產業務中，所以原本應該是不行。但是，如果以我個人接待特殊客戶，進行介紹的形式進行，就不會有任何問題。」

他雖然面帶微笑回答，但德代能隱隱約約察覺到，他心裡其實一點都不想去。

長谷川要人肯定是在上週四的聚會中看上柚璃亞了，搞不好還是一見鍾情。在聚會中主動找柚璃亞攀談時，發現她的特殊嗜好，為了吸引她的注意力，就把公司內部特殊的不動產說了出來。策略奏效，成功定了下次的晚餐約會。只是沒想到柚璃亞居然說要帶朋友來，他沒辦法只好找了大學時代好友湯淺博之一起。

德代在心中暗自推敲，來龍去脈應該就是這樣吧。不過，有一件事情要人完全沒有料到，那就是柚璃亞對恐怖事物的熱愛，可是頑強到無堅不摧。

「當然沒辦法實際出借無邊館，但只是在裡面走走的話，我認為是沒有關係。」

不做到這種地步，柚璃亞肯定不會滿意。想必要人也下定決心了吧。他邊說明邊轉頭看向柚璃亞，不過——

「去無邊館的時間，就定在午夜吧。」

聽到她的下一句話，要人突然顯得驚惶失措。

「……這個嘛……」

「你能把鑰匙帶出來吧。」

「嗯。」

「這樣一來，不就任何時候去都可以嗎？」

「可、可是，晚上很危險喔。」

「為什麼？」

「就算是間空屋，我們要進去的地方可是像廢墟一樣。」

「我聽說在無邊館展覽的那些作品，幾乎都已經還給原創作者了。既然空間規劃類似專門用來辦展覽的美術館，又沒有擺放作品，不就表示裡面現在是空無一物的狀態嗎？正因為它是個廢墟，只要帶著手電筒，就也幾乎不用擔心會絆到東西吧。」

「……」

要人被她說得難以反駁。情況至此，已經沒有人可以贏過柚璃亞了。

接下來，委婉表達為難之意的要人與果決明快打算說服對方的柚璃亞展開了一場攻防戰，但結果顯然是柚璃亞占了上風。而且出乎意料地，湯淺博之竟然站在柚璃亞那邊，讓要人更是屈居劣勢。

「代子小姐，妳覺得呢？」

他無預警地突然將問題丟給代子。

「我不想去那麼恐怖的地方。」

德代不禁脫口說出真心話，忘記考慮柚璃亞的立場。而要人立刻緊抓住這個機會說：

「啊，這樣還是算了吧。勉強女性去不想去的地方，這樣還是不太好。」

「代子沒問題的。」

柚璃亞當然絲毫不為所動。

「的確她膽子是不大，但是她更加喜歡恐怖事物。」

「不過——」

「因為她喜歡的程度，大概就跟我不相上下吧。」

在要人的注視下，德代雖然內心莫名地感到抱歉，但還是沉沉地點了點頭。那個瞬間，他似乎放棄掙扎了。

後來沒花多少時間就決定了無邊館午夜探險的日期，定在隔週的星期五晚上。要人似乎原本打算四人先一起吃晚餐，不過柚璃亞毫不遲疑地拒絕，讓他極為震驚。想必他心中的如意算盤應該是，晚餐才是重頭戲，無邊館不過就是邀她出來的誘餌罷了吧。

但是，柚璃亞又繼續補充說明：

「晚餐大家就各自簡單吃過吧。請絕對不要喝酒，總之請做好萬全的準備。」

在聽到柚璃亞的囑咐後，他似乎也喪失了興致。

這兩個人看起來大概也持續不了多久。

德代心中浮現這個想法，不禁有些同情起要人。話說回來，柚璃亞在進去無邊館探險，心滿意足之後，遲早就會對他失去興趣吧。總之這是他們倆的問題，旁人無法插手。

就這樣，星期五晚上，四人坐在要人的賓士內，一路朝著摩館市的無邊館奔馳而去。

柚璃亞在路途中，理所當然似地不停講述古今中外的各種怪談，一開始要人和博之還有心情回應她，特別是博之自己也分享了幾個怪談。不過隨著時間過去，他們兩人開口的次數逐漸減少，這自然是因為她的故事太過令人毛骨悚然的緣故。

不停吹送暖風的車內，空氣也變得異常冰涼。

「營造氣氛的前戲，這樣就夠了吧。」

柚璃亞終於停止再用陰氣森森的口氣講那些駭人怪談。

沒多久，車子就駛離主要幹道，開進座落在月夜陰影中的鄉村城鎮裡。偶爾可見在店家屋簷下閃耀的亮光與路燈的光芒，那看起來簡直就像在替德代一行人領路似地，令人覺得心底發毛。

這樣的畫面持續一陣子之後，景色漸漸轉為多間相連的傳統日式宅邸。單戶人家的占地變得寬廣，相對地四周戶數也就隨之減少。路上也完全見不著店家了。眼前景色突然陷入一片幽暗之中。

「快到了。」

已經沉默好一陣子的要人終於開口說話時，車子已經開出日式宅邸區，周圍似乎是一整片的稻田。在視野開闊的平原中持續奔馳，前方出現了一個小小的森林，森林前方有一堵高聳的圍牆。

「就是那裡吧。」

柚璃亞的語氣聽起來十分沉著，但是德代知道她現在內心相當興奮。

轎車在高聳巨大的門前停了下來，四人走下車。回頭一望，寬闊田野的另一頭，成群宅邸靜靜地沉睡著。這也是應該的，再過十五分鐘就要午夜十二點了。

要人從西裝口袋取出一串鑰匙，打開門上的鎖。那個瞬間，德代發現他不知為何似乎微微側了下頭，但是他立刻就擺出一副若無其事的樣子。

連最細微的聲響都沒有發出，大門順利打開。柚璃亞、德代、博之依序走進去，殿後的要人將門鎖上。那個瞬間，德代突然想起以前和柚璃亞一起看的《地獄夜》這部恐怖電影。

在歡迎新生的試膽大會中，徹夜待在曾經發生慘案的葛斯家廢棄宅邸的學生們，一個個慘遭血祭。為了逃出去，需要大門的鑰匙，然而那副鑰匙……這是電影設定的背景，是一部充滿懸疑氣氛的電影。

柚璃亞說那是一九八一年的作品，先不論好壞，電影本身反映出當代恐怖片的品味。雖無法給予太高的評價，但在恐怖場面的營造上算是相當成功，德代記得自己看的時候也嚇壞了。

之所以會偏偏在這種時刻想起那部電影，是因為她立刻擔心起倘若要人把鑰匙弄丟了，大家就無法從這個地方出去了。就算大喊求救，這裡離房子林立的住宅區還有一段距離，而且現在還是半夜。雖然身上有手機，萬一真的遇到什麼緊急狀況還可以報警。不過，要是沒有訊號的話……要是電池沒電了……要是四個人的手機同時故障了……各種令人擔憂的念頭一波一波襲來。這個空間或許具有一種讓人不禁認為會發生災厄的氣息。

「這棟房子實在好氣派呢。」

因為自我想像而變得膽怯的德代身旁，柚璃亞完全處於狀況外，發出驚嘆的聲音。

「雖然我之前有看過照片，但現場看果然有魄力多了。無邊館這個命名，絕非憑空而來的呢。」

「我們公司會看上的房子，一定都有經過仔細確認。」

要人的話中散發出不動產公司年輕董事的自豪。只是，那股志得意滿的神氣似乎在望著這棟曾經發生命案的建築物後漸漸開始動搖，顯而易見地，他臉上的表情逐漸蒙上一層陰霾。該不會他今天晚上也是第一次來到無邊館吧？

不會……吧？

這種情況下最可靠的當然是柚璃亞。不過，對於第一次闖入探險的建築物，她也希望能有個熟悉內部的人在。那個人原本應該要是要人，但如果他本人也是第一次踏進這裡的話……

腦海中浮現駭人想像的德代，一正眼看向眼前的宅邸，就立刻感到一陣不知名的戰慄，全身劇烈地抖了一下。至今也曾數次遭柚璃亞半強迫地拉去好些知名靈異地點，但從來不曾有過這種全身汗毛直豎的不祥預感。

明明我一點都沒有特殊體質……

一想到這裡，恐懼的情緒反而更加高漲。說不定要人也察覺到這個詭異的氣氛了。

轉頭去看博之的情況，發現他只是神情茫然地盯著無邊館看。至少看起來不像對此處抱有好感。從他與要人彼此對望，很困擾般的聳肩動作，就能看出這一點。

「這棟建築物的基調是詹姆斯風格吧。」

四人中只有柚璃亞顯得心情愉悅。

「這是十七世紀初在英國流行的風格，差不多剛好是從哥德式藝術轉到文藝復興的過渡時期，所以特徵是同時擁有哥德式的垂直性和文藝復興的骨幹——」

柚璃亞相當值得讚許的一點是，她並非僅僅單純愛好恐怖事物而已。同時也相當熱愛古典恐怖電影的她，對於故事背景中出現的古堡和城館也相當有興趣，連那些建築特色也都會認真鑽研。

不過她的說明，德代現在一個字也聽不進去。不管是柚璃亞看得入迷的正面玄關上方高聳的三層塔樓，還是屋頂上的小尖塔，看在德代眼裡都不過是讓人渾身發毛的建築物。原本哥德式建築就常常帶著一種詭異的氣息，眼下情況更是增添了不少嚇人氛圍。

「以一間發生過殘酷命案的宅邸來說，倒是相當漂亮呢。」

博之狀似刻意地說出自己的感想。不過也確實如他所言，這棟建築完全看不出來遭到破壞的痕跡。

「說的也是呢。一定是因為長谷川先生的公司有好好在維護。」

柚璃亞或許只是想感謝要人帶她到無邊館來，才難得講了一些好聽的客套話。不過要人似乎信以為真，一臉開心的模樣。

「這裡不管門或圍牆都有一定高度，上面的防盜刺也相當堅固，要闖進來應該不太可能。」

要人的語氣掩不住得意，柚璃亞笑著接下去說：

「通常發生過殺人案或一家子自殺的旅館或房子，有不少之後都會化為廢墟，變成靈異地點。那些來這裡試膽、沒家教又粗魯的傢伙，常常都會打破窗戶，在牆上塗鴉，敲破門扉或牆壁，讓建築物遭到嚴重破壞，完全荒廢。相較之下，這裡在為數眾多的靈異地點中，算是保存狀態非常良好，確實是最適合的場所了。」

說到這裡，柚璃亞故弄玄虛地頓了一頓，才又接著說：

「說它非常良好，並非單指建築物本身的狀態而已，當然也是在說……它是個相當出色的靈異地點。」

「妳說這裡嗎？」

博之笑著接話，一臉開玩笑的表情。但從德代眼中看來，他根本就是在逞強。

但是柚璃亞似乎完全沒注意到博之故作輕鬆的反應，逕自抬頭望著無邊館說：

「這裡自從發生那起案件成了空屋之後，似乎有不少人遇過詭異的現象。」

踏在從大門一路鋪到朝南正面玄關的石板路上，她迫不及待地開始描述令人心底發顫的靈異事件。

「當地國中生在社團活動結束後的歸途上，經過那座大門前面時，看到二樓窗戶有女人的身影，而且還朝著他們招手……白天，老人家在這附近的田裡工作時，聽到無邊館中電話鈴聲響起……日式宅邸區的一群小朋友跑來探險，在大門附近繞來繞去時，宅邸庭院中的矮樹叢裡似乎有什麼東西像是配合著他們的動作似地移動……半夜有車子經過稍微有點距離的道路時，駕駛看到這裡點著如鮮血般豔紅色的亮光……早上，有送報的年輕人，聽到館內有女生哭嚎的聲音……在沒有一絲月光的深夜，來此地測試膽量的一對情侶從門外往內窺探時，女生一隻腳被不知名的東西抓住，差點就被拖進大門裡面……」

「喂喂，這聽起來是個不得了的靈異地點耶。」

博之像是刻意要打斷怪談話題，對要人出聲搭話，他的語氣聽起來簡直像在抗議。德代在心中默默嘆息。

比起要人，博之看起來更不怕這類恐怖事物，搞不好反而算是喜歡。所以上週五，柚璃亞堅持想去無邊館時，博之才會站在她那邊吧。只是他當初肯定沒有料到，無邊館的恐怖程度有這麼驚人。

恐怕博之認為，自己現在身陷這種進退維谷的兩難情況，全都是認識柚璃亞後對她心生好感想追她的要人的責任吧。不過，現在為時已晚。人都到了這裡，博之肯定也難以啟齒說要回去這種話。

「在各種靈異現象中，我覺得有女生哭嚎聲這點，在另一層意義上滿嚇人的。」

柚璃亞沒有留意到博之微妙的變化，自顧自地往下講。

「為什麼？」

兩位男性一副看起來沒有要接話的意思，德代只好開口詢問。

「那時候有一個四歲的小女孩，她媽媽就在她眼前被亂刀砍死。而那個小女孩幸運獲救了。」

「咦？那怎麼會有聲音？」

「只是，自從有人在她媽媽的遺體旁發現她那時起，她就一直昏迷不醒……」

「妳該不會……是想說那個小女孩的意識還留在這個悽慘的案發現場吧？」

顧慮到旁邊的兩位男性，德代刻意壓低聲音詢問，然而——

「這裡可是遭到詛咒又發生慘案的洋房喔。無論出現多麼詭異不尋常的事情，也不會太奇怪吧。」

柚璃亞漫不在乎地補上致命一擊後，就逕自大步走到前方，一個極富特色的正方形入口屋簷處。

德代無可奈何也只能跟上去。此時身後傳來要人刻意壓低的聲音。

「我讓她們看個幾眼，就會馬上回去的。拜託你就忍耐一下啦。」

或許是因為他的姿態放得很低……

「你聽好了，僅只一次下不為例。」

博之雖然一臉不情願的模樣，還是勉強答應。

對於兩位男性的竊竊私語毫不知情的柚璃亞，等到德代總算走到入口屋簷下方時，又開始解說這棟建築物的特色。

「妳看，玄關上面有圓弧狀的裝飾吧。那個是西洋古典建築的樣式，叫作三角楣飾。這種裝飾在古希臘和古羅馬經常拿來代表建築物的正面，原本是用在神殿這類的建築物——」

此刻要人從旁插話。

「建築學可以待會兒再慢慢講解，不如就先進去無邊館探險吧？」

要人應該是打算趕快進去趕快閃人吧。看來他似乎還完全不了解柚璃亞這個女人。

德代不禁暗自感到同情，身旁要人拿出鑰匙打開正面玄關的門。德代注意到要人和打開大門時相同，似乎又愣了一下。但是他立刻又表現出一派正常的模樣。無論他感覺到什麼，應該都沒有太嚴重吧。

柚璃亞一馬當先地鑽進屋內，接著德代和博之隨後跟上，最後一個踏進去的是要人。明明他關上門扉的瞬間，幾乎沒有發出任何聲音，卻傳出「轟……」地一聲十分響亮的回聲，感覺像是整棟無邊館都在震動。

剛剛那是什麼？

反射性地看向柚璃亞，然而她只是愣在原地，一語不發地沉默著。德代原本以為她一踏進宅邸，肯定會興奮地講個沒完，然而柚璃亞現在不僅一聲也不吭，連動都不動一下，看得德代心底都發毛了。

是怎樣？這裡面是有什麼東西嗎？

四人簡直像根木棒似地僵硬愣在玄關處時，鏜……鏜……從館內深處傳來似乎是宣告十二點的鐘聲。

四 慘案現場

那天夜裡，峰岸柚璃亞的心情十分高昂。因為她就要踏進那棟無邊館了！她簡直是興奮到了極點。

雖然最近她對那種聯誼般的聚會越來越興致缺缺，但參加上上星期四那場聚餐實在是太正確了。居然認識了現在接手管理那棟建築物的房仲公司年輕董事長谷川要人，再也沒有比這更幸運的事了。

當然她也邀了好友管德代一起來。柚璃亞自己不太會感到害怕，因此如果不找德代來體驗這個戰慄感，就營造不出令人毛骨悚然的恐怖氣氛。對於好友熱愛恐怖事物卻十分膽小的性格，柚璃亞真是打從心底感到羨慕。

來到這裡的路上，柚璃亞在賓士轎車裡時，興奮情緒就已經高漲到要滿溢出來了。穿過大門，踏入宅邸境內土地，無邊館的雄偉外觀映入眼底的那瞬間，心情更是激動不已。

馬上就要潛入這裡面了——

光是想到這點她就雀躍到差點要叫出聲來。她再度深切體認到，自己果然是獵奇領域忠實的信徒。

要人再次從西裝口袋中取出成串的鑰匙，打開正面玄關的門扉。

就在眼前了……

柚璃亞比其他人都還更早踏出步伐，不過她像是壓抑著迫不及待的心情，慢慢地伸腳跨過門檻。

她踏進玄關，眼前出現一扇巨大門扉，左右兩片門緊閉著，天花板有哥德式風格特有的圓頂結構，地板鋪著馬賽克磚。只憑藉著從外頭照進屋內的潔白月光，就能清楚辨認出室內裝潢。左手邊那扇門的裡面，應該是衣帽間吧？

最後一個人——應該是要人——關上門，將明亮皎潔的月光也一併隔絕在門外的那瞬間。

轟——

彷彿無邊館本身發出了聲音，震動透過空氣在整個空間中迴盪著。那聲沉悶的聲響，簡直像是在對侵入者宣告：接下來有什麼事情即將展開……

該不會是……被關在這裡之類的吧。

柚璃亞頓時湧起一股想要立刻回頭開門，直直衝出門外的衝動。拉住她腳步的，大概是喜愛恐怖事物的熱血依舊沸騰著，還有不想在德代和兩位男性面前丟臉的自尊心吧。如果她是一個人來，或許早就轉身逃走了。

鐺～鐺～鐺～

像是在嘲笑選擇留在館內的她，從深處傳來午夜十二點的老式大鐘報時鐘聲。

這裡應該被斷電了吧？

那麼，為什麼時鐘會響呢？電池嗎？不過，能夠發出這麼巨大聲響的時鐘能用電池運轉嗎？不可能是發條時鐘，這裡變成空屋後已經過了七個月左右，發條一定整個鬆掉，時鐘應該早就停止了吧？

鐺～

等到最後一聲鐘響結束，館內突然陷入一片寂靜。

咦？

下意識數著鐘聲的柚璃亞，發現剛剛比十二點多響了一聲。還是自己數錯了呢？

無邊館的十三點……

她不禁尋思起其中含意時，趕緊慌忙搖了搖頭，將這個念頭揮之腦後。不管有多熱愛恐怖事物，在這種出過事的地方胡思亂想可是最要不得的。

「我們走吧。」

她對三人拋下這句話後，也不等其他人應聲，就逕自一口氣拉開左右兩扇門，打算踏入館內更深處。

這瞬間，眼前出現一片無止無盡的黑暗。

……唔。

空氣瞬間變得沉重。像是潮濕黏滯的氣息充斥在整棟館內似的。與那些不通風空屋中靜止凝滯的空氣相比，這裡的空氣讓人強烈感覺是……潛伏在無邊館內、看不見的某些東西，漸漸聚集而成的。

難以呼吸。

柚璃亞下意識地敞開上衣的領口，渴望呼吸到新鮮空氣。

這裡，不太尋常……

至今她曾多次走訪被稱為靈異地點的地方。其中也有幾處不該抱著遊戲心態前往，十分駭人的場所，不過最後總是能平安歸來。因為她在每個地點，總是能自然地領悟到那個場所獨特的禁忌，像是絕對不能踏入的空間、絕對不能觸碰的東西、絕對不能說出口的話……

雖然並不清楚自己是否真如好友所言有「通靈的能力」。只是，在這些令人毛骨悚然的禁忌之地，她察覺其中潛伏危險的能力確實比一般人要高上一些。

不過，她的能力在這裡似乎派不上用場。她早在玄關大廳裡就感受到一股詭異的氣息，拉開左右兩扇門扉踏入漆黑大廳時，也的確感覺到空氣異常沉重。可是，平常總是十分具體的直覺，像是「那裡不太對勁」、「不該走那個方向」之類的感覺，卻一丁點也沒出現。

這裡，不太尋常……

她的內心浮現隱隱約約卻相當巨大的不安感受。但是，該注意哪裡才好？該小心什麼？她完全沒有頭緒。

為什麼？

她自問到一半，腦海中立刻就浮現了答案。

因為這裡不太尋常……

話說回來，被人稱為靈異地點的地方，本來就並非尋常之處吧。這樣一想，自己剛剛居然會有那種念頭這件事本身就顯得很奇怪吧？也就是說，有問題的並非這裡，而是這裡……柚璃亞發現自己不知何時正伸手指著自己的頭，忍不住打了個寒顫。

我，究竟是怎麼了……

繼續這樣下去，她害怕自己會崩潰，只好趕緊打開手電筒，往四周照了一圈。

首先映入眼簾的是，位於大廳右側中間，通往二樓的階梯，以及在其前方角落的電梯。前者似乎是原本就有的，後者則是後來垂麻家將宅邸命名為無邊館時加裝的。似乎是考量到需要將作品運到二樓而特別設置的。

那台電梯左手邊的小房間，正是當初發現被視為第一位被害者的出口秋生的地點。他是負責將《恐怖的表現》的展覽作品搬進展場的金丸運輸員工，也是當天的現場領班。派對那天為了預防現場有什麼突發狀況，因此還多派了另外一位員工在場，兩人身上都穿著工作服。這種打扮在平常的酒會中會顯得十分突兀，不過主辦人佐官甲子郎表示「這種衣服只要上面再戴個面具，看起來就很像恐怖電影的殺人魔」，所以兩人都按照指示一直在玄關大廳附近待命。

出口會走進電梯旁邊、名為「棄屍」的展覽室，是因為有某個人對他說「想請你調整一下作品的位置」，不過那個人顯然大有問題。據說那傢伙臉上戴著白色面具，身穿滿是拼接的服裝。換句話說，他就是恐怖殺人魔。

聽說當初凶手是用布包著五種奇特凶器帶進無邊館的，而且還特地用紅色絲線在布上繡了第一之劍、第二之鐮、第三之斧、第四之槍、第五之鋸。似乎五把都是犯人親手製作的，雖然淨是些容易攜帶的輕便替代品，但是殺傷能力不容小覷。

出口秋生在「棄屍」展覽室中被人發現時，身上被第一把凶器長劍在後背上砍了好幾道傷痕，腹部也中了兩劍。第一劍的傷口比較淺，但第二劍刺得相當深，造成重傷。他當時並沒能即時反應過來，立刻用自己的T恤或內衣壓住傷口止血。醫生後來也說，要是再晚個幾分鐘才發現並施以急救措施，他肯定沒命了。等出口終於能從當時送去急救的醫院出院時，已經是案發的四個月後了。

會這麼晚發現他，都是因為那間房內的展覽品。裡面擺放著好幾具製作精巧、呈現各種死亡情狀的男女老幼人像。賓客就算看見倒在房內一角的出口，也只會認為他是展現刺殺這種無趣死法的人像之一。另一方面，聽說當時他因為遇襲受驚意識朦朧，無法向其他人求救。

如果，有誰能早點注意到他，或是他本人能保持清醒意識發出聲音求救，或許就能阻止後面幾齣慘劇了……每個人心中都曾閃過這種念頭。但非常遺憾地，事情總是難如人願。

發現瀨死出口的那位派對賓客，聽到他不停喃喃重複同一句囈語。

「NISHI……SEI……ZAN ……」

警方認為這應該是與凶手有關的訊息，但完全無法參透其中含意。即使在訊問出口後，情況也沒有任何進展。因為他本人也搞不懂這是什麼意思。

柚璃亞一邊用手電筒照著空無一物的室內，一邊向其他三人詳細說明案件內容。雖然他們搞不好早就曉得，不過親臨現場講述，還是別有一番臨場震撼的感受。她本人也好幾次因為自己講出來的話而全身微微發顫。

雖然說是案發現場，不過原本展示的那些死亡人像早就已經撤走，一個都沒留下。在月亮明亮的光環中，只有一間空蕩蕩的房間。可是，待在房內的時間越長，柚璃亞逐漸感受到，此處似乎籠罩著一股莫名的邪惡意念。

悔恨……

柚璃亞突然有這種感覺。

該不會是恐怖殺人魔懊惱的意念，殘留在這個空間裡了吧？出口秋生應該要是第一位犧牲者，卻沒能成功殺了他，凶手至今仍舊為此懊悔不已嗎？

一想到此，她突然渾身不舒服。光是連呼吸這間房間的空氣都讓人感到難以忍受，急忙回到大廳。

接著柚璃亞前往的房間是，設在「棄屍」與樓梯之間的「悚然視線」展覽間。房內陳列著等身大的人像、胸像、頭部雕塑、雙眼部位或是僅有單眼的雕刻、以及光溜溜的眼球等立體展品，還有相同主題的照片及畫作。所有作品的共通點就是——歪斜的眼。

賓客一走進這間房間，就會立刻感到有大大小小各式各樣的眼睛正緊緊盯著自己。無論走到哪裡，都有無數視線聚集在自己身上。而且，淨是些邪惡的目光。視覺上令人不舒服的程度，可能居所有展示物之冠了。

在這麼驚人的一間展覽室中，最讓人發毛的是一尊與臉部大小相比，只有眼珠顯得異樣巨大的頭部雕塑。光是這副不協調的長相就夠讓人嚇破膽了，更何況那雙眼珠還總是牢牢盯著自己瞧，更讓人無法忍受。聽說幾乎所有賓客進到這間房間後，都待不了多久就離開了。

在這間風格特殊的房間中，被第二把凶器鐮刀殺害的，是恐怖小說家宵之宮累。她是以《腐宿》這篇長篇小說榮獲日本恐怖小說大獎而出道的新進小說家。情節鋪陳採用看似極不合理的設定，並善用濃稠緊湊的筆調為故事內容增添充滿真實感的血肉，文學性豐富的文風顯得獨樹一格，博得好評。後來也陸續發表《厄室》、《咒間》、《病窗》等作品，擁有一小批忠實粉絲。

倒在這間房裡的宵之宮累，右邊肩膀、雙臂和腹部都受到第二把凶器鐮刀砍傷，最後喉嚨被割開而死。雖說只是筆名，但是一位名為「累」的人物，竟是被鐮刀奪去性命，這個巧合實在讓人毛骨悚然。

與茨城常總市羽生町鬼怒川沿岸的「累之淵」相關的靈異怪談，追本溯源可推回元祿時代，藉由假名草子（註4）、歌舞伎或江戶時代後期流行的傳奇小說而廣泛傳開。但不管怎麼說，其中最有名的就是三遊亭圓朝所寫的《真景累之淵》（註5）了吧，這也是二〇〇七年中田秀夫執導電影《色凶怪談》的原著。（註6）

在《真景累之淵》中出現的關鍵凶器，正是鐮刀。累和鐮這個組合，簡直有著無法斬斷的關係。如果從這一層再去聯想，「悚然視線」那間展覽室中的殺人命案，就更讓人覺得內心發毛了。

進到這間房裡的賓客，居然沒有任何人發現宵之宮累的屍體，想也知道都是這些邪惡視線造成的。所有人的注意力，似乎都被緊緊盯著自己的那些令人作嘔的視線吸引，連看都沒看倒在房間角落的淒慘遺體一眼。換句話說，那時候，在這個空間中，產生了心理上而非物理上的死角。

站在恐怖小說家的遇害現場，向其他三人概略說明案發經過時，柚璃亞突然察覺到某種令人厭惡的氣息。

在那片黑暗中有東西正盯著自己瞧……

她立刻將手電筒照過去，不過那裡當然一個人也沒有，就連「悚然視線」的展覽品，也早就清得一乾二淨。

……是心理作用啦。

她雖然在心裡對自己這樣說，但還是急忙走出房間。

「剩下的案發現場都在二樓。」

柚璃亞一邊朝跟在身後的三人介紹，一邊往樓梯走去。照理說，原本梁柱下方那些革紋花樣等詹姆斯風格的裝飾應該會吸引她的目光，但她的心思早就飄到建築以外的事物上了。

這裡果然不尋常……

明明已經變成空屋閒置好一陣子，但這棟宅邸內有某些不知名的東西聚集在此，這種感覺

註4：假名草子是江戶時代初期使用假名或假名漢字交雜的文字，寫成的故事或散文作品的統稱。
註5：日本明治時期知名的落語家，著作繁多。
註6：《色凶怪談》二〇〇八年於台灣上映，由黑木瞳主演。導演中田秀夫亦導過《七夜怪談》。

十分強烈。《恐怖的表現》展覽中設置、陳列、裝飾的各種駭人作品，早就都撤走了。但其實它們還留存在這裡，現在仍散發出這股不祥氣息似的……不，連那些作品所醞釀出的驚悚感都無法匹敵的邪惡空氣，千真萬確地飄盪在這裡。全身每個細胞都是如此感受的。

然而，我卻還想要繼續前進。

一階一階走上樓梯的同時，柚璃亞人生首度覺得自己有點可怕。情況到了這個地步仍然渴求獵奇事物的心情，到底是從哪冒出來的呀？

抵達二樓走廊後，她緊接著朝宅邸西側走去。因為下一個現場的位置和一樓的「棄屍」與「悚然視線」展覽間在相反方向。

揮動第一把凶器長劍和第二把凶器鐮刀完成任務後，恐怖殺人魔從無邊館一樓東側經過一段不算短的距離，移動到二樓的西側。在這種封閉空間進行隨機殺人時，通常會盡量將附近的人當作目標，然而為什麼這位凶手卻不是這樣選擇呢？大膽暴露渾身浴血的身軀，從一樓上到二樓，從東側移動到西側。

自我表現慾……

恐怖殺人魔毫不遮掩的行動，看在柚璃亞眼裡就是這樣解釋。

即使身上滿是鮮血，其他人肯定也會認為是變裝的一部分。雖然還有鮮血的腥臭味這個問題，但《恐怖的表現》展覽中，並非只有訴諸視覺刺激的作品而已，也有展示品是以聲音或臭味作為主題。聽說當時在宅邸內某處，就不停地傳出男女的尖叫聲。這場展覽的風格走向就是如此。

恐怕犯人認為要蒙混過去相當容易吧。搞不好他的確有些提心吊膽，但是，那正是戰慄刺激之處。不曉得何時、何處、誰，會對他起疑，出聲叫住他說「那不是真的血嗎？」不過，這個情境令他心癢難耐，光用想像的都覺得興奮不已。

柚璃亞不知不覺中竟開始揣測恐怖殺人魔的心理狀態，而且連她自身都感到一種莫名的亢奮感。

我到底是……

就算是獵奇世界的信徒，我這樣也太超過了。至今從來不曾有過這種感受。

因為這裡並不尋常……

害怕的情緒從腹部深處一路翻湧上來，然而她在走廊上的步伐卻從未停歇，唰唰唰地不停往前走。是因為害怕停下腳步嗎？因為只要稍微佇足，就會被跟在後頭的那東西追上嗎？

沙沙沙……

明明應該只有我們這幾個人，卻總感覺有東西跟在後頭。她邊走邊回頭查看，卻只見到三人的輪廓。在那後面，也只有整片黑暗無止盡地一直延伸。但是她轉回前方繼續走，就會感到有股遭到跟蹤的氣息。她知道有某個東西在跟著自己這群人。

代子她們沒有發現嗎？

那自己還是不要聲張比較好。不管這個館裡潛伏著什麼東西，只要它們不主動加害我們，不理它就好了。

就在柚璃亞的全副精神都被後方吸引住時，已經走到了第三個案發現場「百部位九相圖」的房間。那間展覽室位在二樓西側幾乎正中央的位置。

所謂九相圖，是指表現人類屍體逐漸腐爛的九個階段的佛教繪畫。第一個階段是肉體腐敗體內產生氣體，死屍膨脹的脹相。第二個階段是因為逐漸腐爛，屍體皮膚壞死瓦解的壞相。第三個階段是已經融解的脂肪、血液和體液從屍體滲出外流的血塗相。第四個是屍體本身開始潰爛的膿爛相。第五個是屍體轉變為青黑色的青淤相。第六個是屍體中出現無數小蟲鑽進鑽出，遭到鳥獸爭食的噉相。第七個是屍體身形破散，碎裂一地的散相。第八個是只剩一副白骨的骨相。第九階段則是，焚燒白骨一切化為灰燼的燒相。以上就是所謂九相。

像這樣眼見屍體的樣貌變化並進行觀想，就稱為九相觀。是一種藉著學習現世肉體不過是無常存在，消除妨礙開悟的煩惱的修行方式。因為修行僧都是男性，所以九相圖中描繪的都是小野小町（註7）這類美女的屍首。

這間「百部位九相圖」的房間展示將人體分成一百個部位，並分別呈現出其九相圖的作品。既然展覽名稱都已經叫作《恐怖的表現》，自然有相當多奇異怪誕的作品參展。不過，其中詭異程度最驚人的，肯定就是這個「百部位九相圖」。據說賓客無法長久逗留的展覽間除了「悚然視線」，下一個就是這裡。

一走進這間房間，柚璃亞的鼻子就捕捉到了些微臭味。像是有人隨地丟棄廚餘，散發出腐敗臭氣的感覺。可是即使她用手電筒照亮室內，裡面完全空無一物。和至今為止的房間相同，只有空蕩蕩的房間，地上就連一張紙屑都沒有。

在這第三間房間，被第三把凶器斧頭砍死的人，是荒川區砂濠町「人體工房」的師傅福村大介。這間擁有奇怪名稱的工作室，因為製作「人體家具」而聲名大噪。雖然在二戰後就已經創業，但其特殊的家具製作方式一開始是先受到國外收藏家的認可。

創始者鎖谷鋼三郎所創作的人體家具，是將人體扭曲變形之後製作成家具。譬如說名為「椅人」的家具，是將一個人坐在有扶手的椅子上，雙手雙腳張開擺放的姿勢，當作一人坐的扶手椅製作而成。而「長椅人」則是讓一個人雙手雙膝著地平抬起頭，再用另一個雙手雙膝著地的人，讓他的頭對準貼上第一個人的肛門，並以這個形狀讓好幾個人接成一長串，做出長椅子的模樣。

註7：小野小町是日本平安時代早期著名的女性和歌歌人，在日本與楊貴妃、埃及豔后並稱「世界三大美人」。

殘留著栩栩如生的人體模樣，再賦予家具的實用功能，這樣製作出來的家具，就是人體工房所追求的人體家具。

當然《恐怖的表現》展覽裡也有人體工房的展間，他們以「人體家具的家具人體」為題參展。福村大介就是製作本次人體家具展示品的其中一位師傅。

他被人發現時，全身赤裸，被第三把凶器斧頭劈砍無數次，腹部破裂，內臟都露了出來。在名為「百部位九相圖」的房間中，這種模樣的屍體——就算那是人偶——也應該相當不自然，然而卻幾乎沒有賓客發現。雖然有人抱怨有一股令人作嘔的臭味，但似乎並沒有認為那是真正的屍體。

柚璃亞發現，在她說明案件細節時，那股原本不明顯的臭味越來越強烈。一開始只是若有似無的氣味，現在整間房間卻都瀰漫著一種如同腐敗生蛋的腥臭味。而且那股臭味益發劇烈。

我快要吐出來了……

她慌慌張張地說明完第三位被害者的遇害情形，就立刻走出房間。接著往無邊館東側前進，回到剛剛走過的那條走廊。

順帶一提，在《恐怖的表現》展覽中，每間房間的門基本上都是關著的，進出時依規定必須帶上房門。這是為了不讓走廊上碰巧經過門前的客人，不小心看到房內展覽品的設計。而且進入房間後，為了讓客人可以一個人慢慢欣賞展示品，展方同意客人從房門內側上鎖。因此也有些房間不管去了多少次總是被關在門外，聽說這讓整場派對氣氛更加高昂。不過恐怖殺人魔能夠實行隨機連續殺人，也是託了這層設計的福……

離開「百部位九相圖」的房間後，恐怖殺人魔再度冒著被人發現的風險，特地從館內西側往東側移動。雖然由此可見凶手對自己很有信心，但到底應該將這個行為當作過度自信，還是他什麼都沒有想的證據呢？

柚璃亞邊留神注意背後，邊走回東側走廊，接著再往北方前進。方向與電梯相反。設在此處的「竊竊私語的怪聲」展覽室，就是第四個犯案現場。

這個房間內四處林立著各種形狀的電話亭。賓客經過時，電話亭內的鈴聲就會響起。走進亭內拿起話筒，輕輕貼在耳朵上，就會傳來各種讓人心底發毛的聲響、音樂或講話聲。幾乎所有電話都只是讓客人聆聽那些怪聲而已，不過其中也有一些電話不同。根據接電話者的反應，話筒中傳來的聲音也會隨之改變，而那個變化相當讓人毛骨悚然。

其中最刺激的地方，就是能和不曉得對方是誰的對象聊天。雖說是聊天，其實又搞不清楚他在講什麼。聽說在兩方邏輯完全不通的狀態下講沒多久，就會開始頭痛、噁心。

在這裡遭第四把凶器長槍殺害的，是性感寫真偶像兼女演員的矢竹瑪麗亞。雖然稱她為女演員，但幾乎都是擔任只有發行ＤＶＤ的原創恐怖連續劇配角，不過她至今參與過的作品數量相當多，其中也有《放學後的狐仙降臨》或《靈異學生會》等在恐怖電影迷中頗受好評的作品。聽說今年她也開始參與一些電視演出的工作。

在「竊竊私語的怪聲」展示間正中央的電話亭中發現她時，她身上有許多第四把凶器長槍所刺出的傷口。死因是大量出血休克而死。

有許多賓客都從玻璃外頭看見了矢竹瑪麗亞，但所有人都只把那當成一種奇異裝飾。因此即使那個電話亭中的電話鈴響，也沒有任何人伸手去打開那間電話亭的門。

自從踏入這個房間開始，柚璃亞就一直聽到一種像是竊竊私語的聲音。

叩咻叩咻叩咻……

並非身後三人發出來的聲響。那個聲音很明顯是從前方的黑暗中傳來的。但只要一將手電筒指向那裡，那聲音就戛然而止。當然，那裡一個人影也沒有。不過，馬上就又從別的方向傳來那個莫名聲響。

窸窣窸窣窸窣……

凝神細聽，那聲音逐漸聽起來像是有意義的竊竊私語。好像只要再聽一陣子就能聽懂在講什麼了。

窸窣窸窣叩咻叩咻……

不過，就在幾乎要聽懂那個聲音的瞬間，柚璃亞如脫兔般衝出那間房間。

只要自己一理解是誰、在說什麼的那一刻，就會發瘋……

因為她領悟到這點。對於這棟宅邸中發生的奇異現象，都絕對不能掉以輕心。她再次警惕自己。

「就要到最後一個現場了。」

回到走廊上的柚璃亞重整心情，接著往相反方向的電梯走去。

「第五位被害者是佐官導演的太太。而且案發現場不是在展示作品的房間，而是在這條走廊南端與電梯前這兩個地方。」

佐官甲子郎的老婆奈那子為什麼不是在展示用的房間裡，反而偏偏是在走廊上遇襲呢？這一點至今依然成謎。最有力的說法是，恐怖殺人魔是佐官導演的粉絲，而他在會場中碰巧看到了傳聞中和導演感情不睦的——實際上當時似乎已經在談離婚事宜——老婆奈那子，就立刻動手了。

當天，奈那子雖然帶著女兒美羽一同參加派對，但對於《恐怖的表現》展覽，她卻毫不避諱地大肆批評。好幾位在場賓客都有聽到她刻薄的評語，要是恐怖殺人魔也聽到的話……

這樣一來，就能說明犯案現場為何會與其他四人截然不同。無論如何，凶手用第五把凶器鋸子一寸寸地鋸開奈那子。之所以只有她一人身體破碎不成人形，絕非單純因為剛剛推測的那個動機。而是因為鋸子這種凶器原本就相當特殊，再加上奈那子為了保護身旁的女兒，似乎曾經試著激烈抵抗。聽說因此案發現場的走廊地板和電梯門上都沾滿了四處噴灑的血沫和濕黏的血手印。

在電梯按鈕上也留下了清晰可見的血痕。奈那子原本可能打算用自己的身體暫時擋住攻勢，讓女兒趁隙進電梯逃走吧。雖然她的計畫沒有成功，但幸好她女兒美羽毫髮無傷。只是，自那時起她就一直處於昏迷狀態，現在人也還在醫院裡。

被認為是犯人用來包裹第一把凶器長劍到第五把凶器鋸子這五把凶器的布包，就掉落在這個案發現場走廊上。

非常遺憾，當時完全沒有人親眼目擊犯案現場。現場位於走廊盡頭。雖然是在電梯前面，不過因為那台電梯都用來搬運作品，根本沒人想到去搭乘。就算當時有發生一陣騷動和聲響，客人也只會覺得那是《恐怖的表現》展覽的其中一個演出。幾點主要理由大概如上。

不過，到了這個時候，在第一到第四個現場中，自然開始有客人發現那些不自然倒臥在房內的屍體。沒過多久，就有人聽到出口秋生微弱的低語。宵之宮累、福村大介、矢竹瑪麗亞、佐官奈那子的屍體也一一被人發現。也有賓客趕緊將佐官美羽抱到安全的地方。

順帶一提，在二樓電梯附近的一間廁所內發現了恐怖殺人魔的面罩和服裝。拼接的衣服上有好幾條裂痕，現場也殘留著將碎布沖下馬桶的痕跡，凶手肯定是打算湮滅證據。只是，他在發現不可能完全清理乾淨後就放棄了，把撕到一半的衣服丟著不管。

「恐怖殺人魔從這裡往哪兒逃走，這點誰也不曉得……」

站在那間廁所前，柚璃亞的聲音被走廊的黑暗吞噬。

「警方調查過所有受邀賓客和相關人士，但是至今仍未逮住凶手。」

她用這句話替發生在這棟宅邸內的淒慘案件作結。

這樣就結束了……

終於撐到最後。雖然變成一場匆促的靈異地點介紹，但至少所有現場都走過一輪了。不尋常的空氣、令人不舒服的視線、跟在身後的氣息、令人作嘔的臭味、意義不明的低語聲……雖然親身體驗了這些詭異現場，但應該沒有實際造成傷害吧。接下來就是盡快離開這棟受詛咒的宅邸。

柚璃亞回頭正想催促三人移動時，發現人影竟然有四個。

咦……？

模糊浮現在黑暗中的身影有一個、兩個、三個……四個。

即使凝神細看也看不清楚每個人的臉。但也沒有勇氣將手電筒照向他們。可是，很明顯地多了一個人。有一個沒見過的人，就站在那裡。

誰……？

柚璃亞下意識想要出聲叫代子，但隨即又打消念頭。

這樣說來……

穿過玄關進入大廳，她開始走訪宅邸各處後，其他三人完全沒有開口。所有人都一直默不作聲，只是沉默地跟在她後方。

仔細想想，那個膽小鬼代子居然沒有挨到她身上緊緊抓住她，這也實在太奇怪了吧？

不會吧……

沒見過的人不是只有一個。而是四個。

柚璃亞全身爬滿雞皮疙瘩，嚇得魂飛魄散。她從來沒有遇過這麼恐怖的事情，打從心底暗叫不妙。

我得逃走……

但是，她所在之處是走廊的盡頭。當然電梯無法運轉，就算她想朝電梯跑去，中間也會經過那四個人影，它們就這樣靜靜地佇立在黑暗中。

不、不對。不曉得什麼時候人影又增加了。那四人的身後，一個、兩個、三個……不知名的人影越來越多。

唉，這下完了……

正當柚璃亞就要陷入絕望深淵時——

「啊啊啊啊啊！」

一聲淒厲絕倫的尖叫聲在館內轟然炸開。根本不像人類叫聲，幾乎像是野獸狂吼般的慘叫，傳了過來。

聽到那聲尖叫的同時，柚璃亞立刻振作起來，豁出去地衝過那群人影，跑下階梯，橫越大廳，奔進玄關後，就一路連滾帶爬地直直逃出無邊館。

五　步步逼近的暗影

弦矢俊一郎從頭到尾都沒插嘴，十分專注地聆聽管德代和峰岸柚璃亞描述她們的遭遇。他聽得太過投入，兩人講完時，甚至還感覺到些許疲倦。

但是，俊一郎立刻提出疑問。

「柚璃亞小姐妳和那些不知名的黑影一起移動時，代子小姐和兩位男性究竟人在哪裡呢？」

不過德代卻像鬧彆扭的小孩只是不停搖頭，一句話也不肯講。柚璃亞嘆氣說：

「這一點她連我都不肯說。我逃出無邊館時，長谷川要人和湯淺博之都已經等在外面了，兩人都一副嚇得魂飛魄散的模樣……可是卻完全不想提到底發生了什麼事……然後這時，代子才一邊慘叫一邊衝出門來。」

「妳在館內聽到的尖叫聲，是代子小姐嗎？」

「應該是吧。不過她到現在還不肯告訴我在無邊館裡的遭遇……」

說這句話時，柚璃亞望著德代的眼神絕非責備，反倒是明顯地擔憂好友安危。

「那個——」

此刻德代語氣遲疑地問：

「我一定得要告訴偵探先生在那間屋子裡……發生了什麼事嗎？」

「為什麼只有妳身上出現死相？那個死相究竟又代表了什麼含意？為了對抗這個死亡預兆，該怎麼做才好呢？考慮到這些層面，代子小姐在無邊館裡的經歷可能隱含著最重要的線索。」

「……說的也是。」

「話說回來，我現在想要先問的是，聽了柚璃亞小姐的遭遇之後，妳有什麼感想呢？」

俊一郎會決定像現在這樣先退一步，是因為柚璃亞在描述自身遭遇時，德代清楚地露出害怕的神情。顯然是聽著好友的敘述時，她也身歷其境地體驗了那場恐怖遭遇。

要是過去的俊一郎，肯定不會有這種體貼舉動，而是早已冷冷地嗆回去說「妳不講妳的經歷，我就沒辦法幫妳」。他沒有這樣做，除了展現出他在人情世故的處理上有所成長，也因為他從德代的反應推測出兩人的遭遇可能十分類似。能有此種猜想，正是他一路不斷紮實累積偵探經驗的最佳證據。

「……我覺得……跟我很像。」

德代吐出的回答正如俊一郎所料。

「那時柚璃亞在說明案發現場……不、嗯，是我以為是她的某個東西，好像有在說些什麼，但是我完全想不起來講話的內容，還是該說從一開始就沒有聽進去呢……」

「或是那東西實際上根本沒有講話……這樣嗎？」

柚璃亞投來疑問的視線，不過俊一郎仍舊比手勢催促德代繼續說下去。

「走到每間房間的順序，應該是一樣的。雖然我不像柚璃亞的感受那般清晰，但是視線、氣息、臭味和聲音……這些，隱隱約約地我也有察覺到。」

「和她不同的地方是？」

「在房間之間移動時，突然好像有人叫我的名字……」

「叫妳的姓嗎？還是只有名字？還是綽號？」

「……我、我不清楚。只是，感覺好像有人在叫自己。」

「原來如此。」

「不過……說不定是我搞錯了。雖然好像有人叫我，但其實是叫別人之類的，好像也有這種感覺……」

俊一郎陷入沉思，一臉擔憂的柚璃亞開口問：

「代子她也感覺到的那些視線、氣息、臭味還有聲音，跟她的死相有什麼關係嗎？」

「我現在還沒辦法說什麼，但要是有關的話，那些感覺比代子小姐更為強烈的妳身上應該也要出現相同的死相才對。」

「我身上真的沒有死相嗎？」

「這點千真萬確。」

「這就是說出現在那裡的那群人影，完全沒有任何關係嗎？」

「這個嘛，還不清楚。」

「那會不會是遭到恐怖殺人魔殺害的被害者，還有過去仍是日式傳統宅邸時全家自殺的真鍋家的人呢……」

「這個我不曉得。」

俊一郎冷淡不客氣的回答，讓柚璃亞露出明顯失望的表情，不過——

「比起這個，更重要的是兩位男性。」

聽到俊一郎接下來的發言，她頓時張大雙眼。

「啊……的確是呢。」

「如果他們兩個，或是其中一個身上也出現死相，就代表他在無邊館內的遭遇，一定和代子小姐有什麼重疊的地方。」

「也得讓偵探先生用死視看看那個兩個人呢。」

「還有也必須聽他們描述在無邊館內的遭遇。」

「雖然直接帶他們兩個來這裡應該是最好的方式，可是——」

俊一郎察覺柚璃亞的語氣中帶著遲疑。

「要帶人來是很簡單，但不曉得他們肯不肯老實地把那個晚上的遭遇講出來……」

「為什麼？」

「這樣講可能有點失禮，不過還不曉得那兩個人能不能接受觀看死相的偵探這種事情吧。」

柚璃亞的顧慮是理所當然，俊一郎苦笑著回：

「最近比較少有委託人質疑，我就疏忽了這點。」

討論過後，決定讓柚璃亞馬上叫兩人到餐廳碰面。因為是熟識的店家，所以座位安排等問題都比較有溝通的空間。

「我也要去那裡嗎？」

「偵探先生你不來就沒有意義了吧。」

柚璃亞的表情明顯在說，你現在講這是什麼話呀。不過——

「那間餐廳離這裡很遠嗎？」

俊一郎拋出下一個問題後，她立刻露出擔心的神情。

「如果離這間事務所太遠，觀看死相的能力就會變弱，是像這樣的情況嗎？」

「不，不是這樣。」

「那麼——」

俊一郎沒辦法，只好老實說明他盡量避免接觸紛擾人群的理由。

他能夠憑藉自己的意志選擇「看」或「不看」他人死相。因此他早就替自己立下規矩，只「看」來到這間事務所的委託人，其他無論是誰他都「不看」。因為要是一不小心用死視看了，而那人又恰巧出現死相的話，就會產生像是該不該告訴當事者？要是告知後對方也不相信的話該怎麼辦呢？這類嚴重問題。

不過，這個世界上存在著即使他維持「不看」的狀態，仍會擅自闖入眼簾的強烈死相。雖然這種情況不常見，但只要身處充斥大量人群的地方，那個可能性自然就大幅提升，所以他總是竭力避開人多的地方。

「我原本認為看得見死相是相當厲害的能力，但果然還是有很多辛苦的地方呢。」

柚璃亞同情地說，但俊一郎只是點點頭回應。

「那間店在惠比壽，只要坐我的車去就好，你可以放心。剛剛來這裡時也是我載代子過來的，就停在附近的停車場。」

「……車，是普通的小客車嗎？」

「你該不會要說你只能搭巴士吧？」

她半開玩笑地回，不過這句話幾乎命中事實。俊一郎從以前就抗拒搭乘任何一種小客車。

原本俊一郎是在東京和雙親一起生活，直到發生了某件事後，外公外婆領養了他。在他仍舊無法順暢講話的孩童時期，某天，當時他屈指可數的朋友，一隻附近的野貓，在眼前被小客車輾斃。自那時起，他就對小客車心懷憎惡。一般情況下，這種情感會隨著年紀增長而逐漸沖淡，但是他卻不同。他終於能夠克服這層心理障礙，是這幾個月的事情。

話雖如此，他自然是沒有打算要吐露自己的過往傷痛。

「應該沒問題。」

柚璃亞原本似乎還想說些什麼，但她當場拿出手機分別打電話給長谷川要人與惠比壽那間店，一口氣把晚餐和餐廳都定好了。當然她有再三叮嚀要人一定要找湯淺博之一起來。

「請用這個把他們倆人的話錄下來。」

俊一郎從辦公桌的抽屜裡拿出錄音筆，一邊說明使用方式一邊遞給她。

「哇，果然是偵探耶。」

那隻錄音筆不過是到處都有販賣的電子產品，可是一旦別人親手託付到自己手上，似乎頓時看起來就像是特殊道具。俊一郎在正要開始經營偵探事務所，還搞不清楚是否真有必要時，就已經先買了這隻錄音筆和數位相機，以備不時之需。這還是第一次派上用場，俊一郎內心不禁感到有點高興。

「雖然時間還早，但路上搞不好會塞車，我們就先出發好了。」

這一點俊一郎無從判斷，所以決定接受柚璃亞的意見。問清楚車子停放的地點後，就讓兩人先離開事務所。

「喂，小俊。我要出門一下喔。」

他打開裡面的房間，出聲搭話。但是，卻沒有見著小俊的身影。

「搞什麼，自己跑出去玩了呀？」

俊一郎拿出自己不在家時常用的宣稱使用健康食材的貓食——他在事務所時則是罐頭——還有裝好飲用水的盤子後，就關好門窗出門去了。不過只有讓小俊自由進出用的廚房那扇窗，他就像平常一樣稍微打開。

坐著柚璃亞的車前往惠比壽的路上，車內幾乎一路沉靜。偶爾柚璃亞會拋出幾個和無邊館案件或怪談毫無關係的話題，但德代和俊一郎的回應顯得十分意興闌珊，漸漸地柚璃亞也就不再開口。

快要到惠比壽前，俊一郎和兩人稍微討論了一下，事先決定好如果死相同時出現在兩位男性身上、只出現在要人身上、只出現在博之身上、或者是兩人身上都沒有出現，這四種情況的暗號。

抵達餐廳後，店員領著柚璃亞和德代到四人座坐下，並帶俊一郎到位於觀葉植物陰影處的雙人座位。這張桌子和兩位女性的座位隔著一條走道，剛好可以看見兩位男性的臉。而且雖然看起來相隔一段距離，兩邊的座位卻出乎意料地靠近，這樣一來，要聽見四人對話內容也不是難事。這個座位安排似乎是柚璃亞的主意。

大約等了二十分鐘之後──儘管如此還是在約定時間的五分鐘前──長谷川要人和湯淺博之出現了。要人就算了，博之臉上神情明顯地表示著不情願。肯定是要人強行拖他來的吧。

俊一郎立刻用死視觀察兩人，不過他們身上都沒有出現死相。如此一來，潛入無邊館的四人中，身上出現死相的人就只有德代一個人。

這樣事情就棘手了。

如果要人身上有出現死相，而博之身上沒有，就能將四人分為德代和要人、柚璃亞和博之這兩組，相互比對他們經歷的情況。只要能找到柚璃亞和博之這組絕對沒有，而德代和要人之間有的某個共通點，應該就有很高的機率能解開死相的大部分謎團。

可是，只有德代一人，情況就相對困難許多。即使找出她和其他三人的不同之處，還需要另外找出其他能鎖定死相出現原因的線索。

得親自去無邊館一趟嗎？

俊一郎做好覺悟時，柚璃亞正好從座位上站起身，走向廁所的途中，悄悄地瞄了他一眼。

俊一郎不著痕跡地搖了搖頭，告知她兩位男性身上都沒有出現死相。接著就輪到柚璃亞大顯身手，從兩人口中問出那天夜裡的遭遇了。

餐點十分可口，但如果要問俊一郎能否充分享受食物的美味呢？非常遺憾地，並沒有。這當然是因為他全副精神都放在柚璃亞那一桌上面。她頻頻拋出無邊館的話題，然而兩位男性卻一直顧左右而言他。這種不著邊際的對話持續了一會兒之後，要人終於舉白旗投降，開始講述自己那晚的經歷。後來，博之也勉為其難地開口描述。

兩人的音量雖低，不過已經足以讓俊一郎聽清楚了。結果兩人在無邊館中的遭遇和柚璃亞十分相似，雖然感覺沒有像她那麼強烈，但似乎都有遇到類似的靈異體驗。不過，對於那些怪異現象，長谷川要人抱持著半信半疑的態度。一方面或許是因為他感受到的程度比較微弱，一方面應該是隨著時間過去，恐懼的感受逐漸淡去。湯淺博之則是原本在抵達無邊館之前都沒有感到害怕，然而在快要進去，以及實際進入館內後，他似乎留下十分驚懼的記憶。明顯可以看出他相當後悔參與這次探險。

侍者端上甜點時，要人開口邀約待會一起去另一家店續攤，但是柚璃亞乾脆地拒絕了。看到還捨不得道別的要人被博之半強迫拖離餐廳的身影，就連俊一郎也不禁感到有點同情。四人份餐點的費用理所當然也是由要人買單，這點或許也是俊一郎同情他的理由。

送俊一郎回偵探事務所的車上，德代主動開口，斷斷續續地從頭到尾描述了在無邊館的遭遇。似乎是要人他們的話，推了她一把。這倒是值得高興的進展。

只是，不管多仔細聽，俊一郎還是完全搞不清楚她和其他三人的關鍵性差異在哪裡。雖然有許多不同的地方，但是要說其中是否有和死相相關的線索呢？還完全摸不著頭緒。

「這樣說來，還沒有問妳們最要緊的一點。」

在聽完德代的遭遇後，俊一郎開口詢問。

「妳們一開始為什麼會想來我的偵探事務所？」

「那是因為我爸爸的——」

柚璃亞正要回答時，俊一郎打斷她重新更正了問題。

「我不是指推薦人，而是想問為什麼妳們會覺得代子小姐身上可能出現『死相』的那個理由。」

「啊呀……」

柚璃亞十分驚訝，用傻愣愣的語氣問道：

「這件事我們還沒講嗎？」

「通常我都會一開始就先問這個。不過這次妳們劈頭就懷疑我是不是真的有死視的能力，所以不小心疏忽了。」

「說我們懷疑你，這也太嚴重了。」

柚璃亞似乎已經忘了自己一進事務所就牢牢盯著俊一郎的臉不放的事情。

「代子，妳說吧。」

在柚璃亞的催促下，代子開始描述這陣子遇到的情況。

自從去了無邊館回來後，她開始接連不斷地做噩夢。夢的內容總是她被關在一個完全漆黑的寬廣空間中，無論怎麼找都找不到出口，也到不了任何地方。只是在一片深幽黑暗中不停徘徊的夢境。

就在她如無頭蒼蠅般走動時，突然覺得似乎有某個東西在黑暗中盯著她看。有什麼東西存在的氣息傳了過來。為了逃開那令人毛骨悚然的視線，她朝反方向拔腿奔跑，那個東西也緊跟在後。

她跑得累了，再也無力前進時，背後的那個東西也停了下來。她再度開始逃跑時，後面的那個東西也會緊追在身後。就這樣不停地重複這個過程。

如果固定待在一個地方不動，那東西是不是就不會靠近呢？

閃過這個念頭後，她停下腳步在原地站定，然而那東西緩緩地、漸漸地、慢慢地……從背後越來越靠近，嚇得驚慌失措的她只好又慌忙拔腿就跑。

夢裡在黑暗空間中的捉迷藏持續一陣子之後，她開始聞到腐敗的臭味，還有竊竊私語般的聲音。但是，聽不懂那在講些什麼。無論她怎麼豎耳傾聽，都沒辦法聽清楚那個內容。只有彷彿劃破空氣般的淩厲低語聲，在一片伸手不見五指的黑暗中迴盪著。

「不過，現在我好像知道那個聲音是什麼了。」

「是在講些什麼呢？」

柚璃亞搶在俊一郎之前開口詢問，德代遲疑地回答：

「那個不是竊竊私語，而是鋒利刀劍猛烈劃過空氣……那樣的聲音。」

六　啟動的殺意

在惠比壽的餐廳裡，弦矢俊一郎和柚璃亞她們分別坐在不同張桌子，正等待著兩位男性到來時——

茶木笙子剛剛才從位於神保町的旭書房下班，走到ＪＲ水道橋站，正要搭上剛好進站、開往三鷹的總武線普通電車。她要去新宿的燒肉店，和大學時代的朋友碰面。

旭書房是一間擅長戰爭書籍的出版社。雖然以戰爭書籍四個字簡單概括，但其實這間出版社出版的領域非常廣泛，從古代的源平合戰到最新的兩伊戰爭都有涉獵，書籍內容也是形形色色，從敘事講古到寫實歷史一應俱全。不過最近幾年的暢銷書是《愉快熱血的自衛隊入門書》和賣得更好的虛構戰爭書籍。

前者從書名就能想像行文內容，後者則是以「如果那場戰爭的勝敗顛倒過來」這個設定來撰寫，一種建構在平行世界中的故事。舉出像是「如果源平合戰時，平家打贏了」，或者是「如果中途島海戰中日本獲得了勝利」之類歷史上的知名戰役，假設要是當時關鍵勝負逆轉，分析後代世界會產生什麼樣的變化。當初這個企畫多半是走詳述歷史而非小說的筆調，內容稍偏艱澀，因此只有一小部分讀者能接受。後來更改為小說風格，變得讓人能輕鬆閱讀之後，銷售額就逐漸攀升，轉眼間就成為這間出版社的招牌企畫。

一開始只有同時兼任其他企畫的編輯與作者兩人，到現在已經有好幾位責編和專屬作者，建立了一個專門的編輯部。在這間出版社中成長為王牌部門。

從社名的「旭」字和發行書籍的走向來看，經常有人誤會這是一間右傾的出版社，不過在公司內部，絲毫感覺不到這類思想。不分左派右派，對歷史有興趣的人士聚集的公司，正是旭書房。

不過茶木笙子不同。她從小就喜歡書本，想成為藝文類編輯，應徵了好幾間出版社，卻只有旭書房錄取她。就算順利進入大型出版社，也無法保證一定就能接觸到編輯的工作，就算能當編輯，可能也無法負責藝文類書籍。這樣一想，就覺得自己應該要知足。總之先在這裡累積編輯的經驗，過一陣子再跳槽到主打藝文類的出版社吧——她將這個目標擺在心裡，一直努力至今。

回想起來，她能從國中到大學都一心一意地投身於排球之中，多半也是因為她這種一旦決定目標，就會朝著那個方向勇往直前的個性。這性格即使出了社會之後也沒有改變。在這間出版社的努力確實獲得了回報，不知不覺中她從一個菜鳥成為中堅層級的編輯，在公司內也頗受好評。而且，她想要經手藝文類書籍的夢想，搞不好就快要在旭書房實現了。

因為採用小說筆觸撰寫的虛構戰爭書籍大受歡迎，公司內部開始頻頻出現該來認真開拓藝文領域的聲音。話雖如此，藝文類書籍和其他領域不同，要成功十分困難。如果光是靠「果然還是推理小說才能賣吧」或是「現在社會流行吹起一股恐怖熱潮」這類目光短淺的判斷就輕易開始嘗試，其下場在過去已有太多前車之鑑，不計其數的出版社都曾在企畫開始不滿一年就灰頭土臉地宣告放棄。那些出版社的共通點肯定是，「只要出書就能賣」這種天真的想法。

雖然沒有藝文類的經驗，但從戰前就存在、擁有悠久歷史的旭書房，這次也如往常一般不下操之過急的判斷。先整理有可能合作、作品擁有娛樂性的作家名單，以此為基礎思考出版社獨自的新系列，並同時暗地裡著手進行交涉的階段開始。

兩年前，笙子也被選為這個新企畫的一員。至今她從來不曾在公司內部公開表示「其實我想做的是藝文類書籍」，不過出乎意料地，這種事情周遭的人多多少少都能察覺。雖然不至於連將來的跳槽計畫都被看穿，但如果一切順利，搞不好在旭書房就能實現夢想了，笙子內心十分高興。

笙子今年就要滿三十五歲。她雖然擁有豐富的編輯資歷，卻完全沒有和小說家打交道的經驗，在現今出版界的低迷景氣中，願意僱用這種編輯的地方可想而知不會太多。如果能在老東家就實現夢想，再沒有比這更好的機會了吧。

只是，最大的問題是作家名單。為了實現這個計畫，一定要排進兩、三位知名暢銷作家才行，這樣業務部也比較能夠接受；不過，如果不能實際邀到作家寫稿，那一切都不過是空談。

暢銷作家的工作計畫通常都已經排滿到好幾年之後。短篇或隨筆也就罷了，長篇幅的文稿根本不可能。不，就算張數不多，除非原稿主題剛好是作家本人熱切想寫的內容，否則對於沒有交情的出版社或編輯的邀稿，肯定是直接拒絕。

然而，不管是旭書房或茶木笙子，都沒有任何管道能和這些作家牽上線，只能從零開始慢慢累積人脈。

笙子先連絡了一位在大型出版社藝文部工作的大學學姊。此舉並非為了請學姊直接介紹作家給她，那樣不僅把事情想得太美好，學姊也不可能答應。她另有打算，目標是為了潛入那間出版社的文學獎相關酒會。她暗自擬定的作戰計畫是，在酒會中主動跟自己看上的作家打招呼，之後再聯繫對方，表明想要碰面詳談，說明自家出版社的新系列和試探對方撰稿的意願。

大牌作家自然是希望渺茫，但確實也有作家在這個作戰計畫下順利談定合作，因此她繼續尋找其他在出版社擔任編輯的大學學長姊，提出同樣的請求。雖然內心暗自擔憂這個舉動會惹人嫌，但幾乎所有人都願意幫她。

「我不過是提供給妳一個機會，接下來就要靠妳自己了。」

曾經有位編輯在她真誠道謝之後說了這句話，或許其他學長姊也是同樣想法吧。

「我有聽過別人稱讚妳喔。說妳絕對不會急性子地強迫對方，會仔細觀察作家的情況，採取適當的態度應對，所以我也才敢放心幫妳忙。」

聽到對方這麼說時，她心中不禁冒出冷汗。因為她從沒想過自己的一言一行都受到別人的檢視，而且那些訊息似乎還流通在各出版社的編輯之間。不過，仔細一想，這也是理所當然的。因為就算同樣身為編輯，她的立場可說是等同於身處在其他業界。

參加過好幾場出版社主辦的酒會之後，笙子認識了為數不少的作家。不過似乎有意願參與旭書房新企畫的幾乎都是新人，再不然就是書籍銷路不佳的中堅作家。不過，這也是早就預料到的情況。這些人之中誰能寫出優秀的作品呢？接下來就要憑她識人的眼光了。

笙子認為大有可為的作家中，有一位宵之宮累。她雖然是榮獲日本恐怖小說大獎而出道的作家，但作品銷量總不見起色。可是，她寫的小說真的能讓人身歷其境般地深深感到恐懼。她的作品甚至讓笙子第一次真切體驗到，什麼叫作打從心底竄出寒意，讓她渾身發抖。

只是，笙子也清楚她的小說並非主流大眾取向。評選獲獎作品《腐宿》的幾位評審的評語中，也頻頻出現「文學性」或「艱澀」等字眼。不過在她身上，正是因為那一點表現出色而獲獎。甚至還有評審說「在描繪那些極端超乎現實的怪異現象上，她偶爾顯得艱澀的的表現手法，成功地賦予其真實感」，給予極高評價。不過十分諷刺的是，高評價並不保證作品一定能夠暢銷。

明明只要再多一些娛樂性就好了——

從獲獎後的第一本《厄室》開始，《咒間》、《病窗》，一路閱讀宵之宮作品的笙子，總是在心中嘀咕同樣的抱怨。

維持宵之宮累的獨特風格，並增添小說的娛樂有趣之處，絕非不可能的任務。

笙子將自己的想法——當然是在字斟句酌的情況下——明明白白地告訴本人。老實說當下宵之宮的臉色不是很好看，不過後來收到她的電子郵件，上面寫著「上次妳的那個提案，我會積極考慮」，令笙子忍不住喜極而泣。

就在這個時間點，住同一棟大廈的井東佐江告訴她，摩館市的無邊館要舉辦名為《恐怖的表現》的展覽。還說佐江的弟弟鈴木健兒在「關東特殊造型」這間造型美術事務所工作，因為平常也有接不少電影相關的案子，所以獲邀參加這場展覽的開幕派對，健兒可以帶一名同伴前往，如果笙子有興趣的話，可以幫她牽線。

笙子靈光一閃，立刻想到可以讓宵之宮累代替自己去參加，她肯定會有興趣。為了避免讓她白高興一場，笙子先請佐江向她弟弟確認這個方式是否可行，而她弟弟回覆完全沒問題。連絡宵之宮之後，她開心地再三向笙子道謝，甚至興奮地叫喊著「我一定要去」。

井東佐江與笙子同屬大廈住戶組成的排球隊。不過佐江是選手，笙子的立場則比較接近教練。成員身分形形色色，有上班族、家庭主婦和學生等，其中有過正規排球經歷的，只有笙子一人，而且她國高中時還曾擔任隊長，自然就被推舉為教練。因為有這層交情，所以佐江對笙子的工作和興趣都知之甚詳。

除了買蛋糕感謝井東佐江，笙子還利用這兩年累積的藝文領域人脈，想盡辦法弄到了《恐怖的表現》展覽的媒體入場資格。

當天，笙子在無邊館與宵之宮累碰面、說笑時，感覺到合作大致底定。發現宵之宮已經有意願動筆，笙子感到十分驚訝，而且她還說自己已經開始著手草擬大綱了，讓笙子心中滿是感激。因為她描述的內容和至今作品相去甚遠，讓笙子不禁懷疑起自己的耳朵。宵之宮正在構思的長篇小說，將不同於至今任何一部作品，走出新的方向。

兩人約定好在大綱完成後再次碰面討論，笙子就與宵之宮道別。一方面是因為她明白對方想要一個人慢慢欣賞展覽，但更重要的是，展覽內容讓她感到不舒服。

說好聽點是直接訴諸於人的五感……

這個展覽帶給笙子的感受，與其說是「恐怖」，更接近令人嫌惡的「噁心」。既然以「恐怖」為主題，想必會提供各種刺激，讓觀展賓客體驗到五花八門的恐怖情緒，不過《恐怖的表現》這個展明顯做得太過火，讓人失去享受恐怖樂趣的心情。

似乎並非只有笙子有這種感受，逛過一、兩個房間後就感到難受而決定離開的客人，並不在少數。

因此在達成當初的目的，和宵之宮累談完話後，她也就無所顧忌地離開無邊館。但是，萬萬沒想到之後居然會發生那種慘案……

笙子至今仍會突然陷入深深的自責。如果當初就算覺得討厭也仍和宵之宮一起看展，搞不好她就不會被那樣悽慘地殺害。更別說如果一開始沒有邀她去看展，她現在肯定還活得好好的。如果沒有在其他出版社的酒會上主動認識她，宵之宮累的作家人生就能繼續走下去。

都是我的錯……

因為我，不光是折損了一條人命，一位優秀作家或許能夠流傳後世的無數作品，也就這樣消失了——這個念頭時時刻刻折磨著笙子。

笙子花了超過半年的時間，才漸漸從沉重痛苦的懊悔中重新站起來。憑藉著公司同事、上司和大學學長姊的鼓勵，她才勉強將自己拉回正軌。雖說如此，內心當然未能完全放下，自責的念頭常常突如其來地，如同巨浪般吞噬內心。這份懊悔，或許終其一生都無法擺脫。

案件剛發生的那陣子，笙子經常做惡夢。幾個月過後，最近又開始了。之前的惡夢幾乎都和宵之宮累有關。就算她本人沒有出現，夢中場景也會是文學獎酒會、作家演講或簽名會等，跟出版業界有關的情境。而且在那些場合，都會有人提及宵之宮過世的事，最後總是以笙子受到在場眾人責難作結。幾乎都是這類內容。

不過最近的惡夢不太一樣。雖然內容沒有之前那麼具體，但夢境讓人打從心底發毛。她置身於一片漆黑的地方，雖然不曉得那是哪裡，但搞不好是在無邊館吧。然而，無論怎麼向前走都不會碰到牆壁。如果是在一棟建築物裡面，不管空間再寬廣，只要一直走，總該有撞到牆壁、柱子或階梯等障礙物的時候。那要說她人在野外嗎？總覺得並非如此。人在室外的話，無論再微弱總是能感到有風流動不是嗎？不過，完全沒有那種感覺。

她勉強拖著腳步在黑暗中慢慢前進，突然覺得似乎有誰在盯著她看。那道視線讓人渾身不舒服，她慌忙轉身朝反方向前進。

噠、噠、噠……

結果這下身後傳來腳步聲，跟著自己。從伸手不見五指的無盡黑暗中，有什麼東西正朝她逼近。

她驚慌失措地拔腿就跑時，突然飄來一股臭味。一開始氣味若有似無，接著就變得越來越強烈，甚至刺鼻到令人作嘔的程度。

這時她才終於發現，那股臭味是從前方飄過來的，她立刻停下腳步，屏息凝視著眼前如墨汁般無邊無盡的黑暗，有什麼東西在那裡牢牢地回望著她。感覺到那東西的存在，同時，一陣薰天臭氣猛烈襲來。

那東西追過我在前方等著！

她趕緊又朝反方向逃走，邊跑邊留意那道視線、腳步聲還有臭味。因為她不曉得潛伏在黑暗中的那東西，究竟在哪裡。

嘶唰、唰嘶……

過沒多久，開始傳來如同竊竊私語般的聲音。只是，完全聽不清楚是在講些什麼。

嘶唰、唰嘶……

那東西越來越逼近了。笙子邊逃邊凝神細聽。

噠、噠、噠……

追趕自己的腳步聲還在，而且不光是這樣，剛剛那股臭氣也不斷增強，背後那道銳利視線彷彿要刺穿身體般狠狠盯著自己，她頓時全身僵硬，完全沒辦法移動半分。

那東西，從後方朝著動彈不得的她步步逼近……

有聲音在叫她……通常她會在這時候醒來，伴隨著全身寒毛直豎的戰慄感受，從惡夢中解放。

要是，就這樣一直待在夢裡沒醒來的話……

光是腦海裡浮現這個念頭，她的上臂就爬滿雞皮疙瘩。自己肯定會在夢中遭到殺害。雖然每次都及時醒來，所以一切平安無事，不過要是有一次來不及清醒，那麼現實裡的茶木笙子究竟會發生什麼事呢？

但是，為什麼會做這種夢呢？怎麼想都不像是出於對宵之宮累的罪惡感。可是又為什麼老是覺得惡夢的地點是那棟無邊館呢？明明一片漆黑什麼都看不到，為何自己會那樣想呢？

在開往新宿的普通電車搖晃中，不知不覺間睡著的笙子，又再次遭到那個惡夢的折磨。

啊啊啊！

她在慘叫中驚醒。一意識到自己人在電車裡的瞬間，立刻感到雙頰如同火焰燃燒般丟臉，不過並沒有人特別盯著她瞧。她以為自己肯定叫出聲了，看來那似乎也只是夢境的一部分。

她不禁鬆了一口氣，但心情又立刻沉到谷底。

好久沒和學生時代的朋友吃飯，她一直滿心期待今晚聚會的到來。自己終於恢復到可以和大家碰面聊天的程度了，她感到十分欣慰。

然而現在居然會在電車裡夢見那個夢……

最近，一切似乎不光是發生在夢境中，有時她也會在現實生活裡，感覺到那道視線、腳步聲、臭味、還有竊竊私語的聲音。當然這應該只是心理作用，不過精神狀況好不容易才正逐漸恢復，現在這是又要開始惡化的前兆嗎？一想到這點，就令她十分沮喪。

不能喪氣！

笙子幫自己打氣，奶奶以前也總說「病由心生」。

今天晚上要徹底玩個痛快。

實際上，那天夜裡她玩得可瘋了。一開始當然是有點在勉強自己，不過後來就真心玩開了。現場只有感情最好的一位朋友知道宵之宮累的事，不過所有人都明白她最近因為某個原因過得有點辛苦。身邊能有這樣體貼的朋友，對她來說是最幸運不過的事。

吃完飯後，眾人到卡拉ＯＫ續攤時，笙子的心情已經幾乎像是回到學生時代一般。此刻的她甚至有自信說，這樣一來明天起自己就沒問題了。

至少一直到和朋友道別，坐上最後一班電車，在武藏小金井站下車，走過行人稀少的深夜歸途時為止……

七　黑術師

星期五正午剛過，弦矢俊一郎吃完午飯後就坐在偵探事務所的桌前閱讀幾張列印出來的資料，同時認真地思索著。

上面條列出管德代和峰岸柚璃亞描述的兩人在無邊館的體驗，和柚璃亞在惠比壽的餐廳裡偷偷用錄音筆錄下的長谷川要人與湯淺博之的敘述，兩者間的相似及相異之處。這是俊一郎花了一整個早上才整理好的。

不過，無論怎麼比對四人的遭遇，還是完全找不著為何只有德代身上出現死相的原因。所有人都有在無邊館遇見詭異現象，這點應該沒錯。雖然對於那些無法解釋的體驗，敏銳度因人而異——最敏感的應該是柚璃亞吧——但所有人的確都經歷了超乎常理的現象。因此當初俊一郎認為其中必定隱含著線索。

可是，四人的遭遇卻十分相似。固然面對詭異現象的方式和腦中對那些現象的詮釋有所出入，但如果單是比較他們身上發生的情況，幾乎可以說是一模一樣。最大的差別只在於體驗的強度吧。

詭異體驗的強烈程度依序是峰岸柚璃亞、湯淺博之、管德代、最後是長谷川要人。在這個層面上，只有德代身上出現死相這點無法獲得解釋。

那麼，有沒有什麼奇異現象是只發生在她一個人身上，其他三人都沒有遇到的呢？循著這條線去思考，發現的確有一個，只有一個。

好像有人在叫自己……

曾有這種感覺的只有德代一人，或許這就是解決的關鍵。只是，這個唯一的相異點，又顯得相當曖昧不明。

……雖然好像有人叫我，但其實也可能是在叫別人。

她還加了這句話。這種不可靠的奇異現象，真的會是死相出現的原因嗎？

「你覺得咧？」

他問向趴在電腦鍵盤上的小俊。但是小俊只是微微將眼睛拉開一條細縫，看了俊一郎一眼，就又繼續睡牠的覺。似乎是在叫他不要吵自己午睡。

「明明就隨時隨地都在睡了，還有必要特地睡午覺嗎？」

俊一郎忍不住吐嘈，但小俊不為所動，只是一臉十分舒服的模樣，懶洋洋地趴睡在鍵盤上。

「是比擅自打開電腦上網好一點啦。」

聽到俊一郎的下一句話，小俊的單邊耳朵顫動了一下。

牠之前只會胡亂敲打鍵盤玩耍，不過最近好像學會上網了。俊一郎因為案件調查離開事務所的期間，似乎就是牠使用電腦的絕佳機會。幾乎每次回家打開電腦，都會看到有新的網頁瀏覽紀錄。不過牠看的網頁主題非常明確，都是築地市場、竹葉魚板工廠和奈良杏羅町的觀光介紹首頁，相當符合小俊的興趣。

「你呀，真的懂這些在寫什麼嗎？」

俊一郎問小俊，但完全遭到無視。搞不好牠真的睡著了。不，應該是在裝睡吧。因為牠根本就是隻妖貓呢。

俊一郎望著小俊的睡臉，在心中暗自嘟噥的這個瞬間。

「喲！」

事務所的門突然開了，轄區的曲矢刑警從門後現身。

「你是不知道進別人家之前要敲門嗎？」

俊一郎惱火地說。

「你這樣說好像我們很不熟似的。」

曲矢環顧事務所內一圈後，逕自在沙發上坐下來。

「不熟呀。你和我根本毫無關係。」

「那是當然的呀，你講哪什麼噁心的話呀。」

「……我說你呀。」

這個男人每次都會把自己搞得一肚子火。總是自說自話這點和外婆簡直一個樣，不過外婆是喜歡捉弄自家外孫找樂子，而這傢伙搞不好正是因為天然呆所以才難以應付。

雖然與人相處的能力比以往進步許多，俊一郎還是對於和他人交談這件事感到不自在。害羞的他能毫無顧忌講話的對象，其實只有外公外婆、小俊、和這個曲矢。雖然他本身完全沒有發現這個事實。

「咖啡，熱的，你也要喝嗎？」

「這裡不是咖啡廳。」

這句話也已經不曉得講過多少次了。

「又沒有人叫你泡。是叫你打電話給那家好喝的店叫外送。不用擔心錢的事，我沒打算讓你這間窮困的偵探事務所招待啦，我會報警視廳的帳。」

「你還有在警視廳出沒喔？」

俊一郎單純只是感到驚訝，曲矢聽了則不滿地回：

「『還』是什麼意思？『出沒』這兩個字又是怎樣啦。之前不是講過了，我接受上級的特殊指令，暫時調到新恒警部麾下值勤。」

「麻煩要兩杯咖啡。」

「喂！別人在講重要的事情，你打什麼外送的電話呀。」

「沒錯，弦矢俊一郎偵探事務所。」

從經常消費的咖啡廳「Erika」訂好咖啡後，俊一郎也在曲矢對面的沙發上坐下。

「喝完咖啡你就趕快滾吧，我可是很忙的。」

「你這人……你覺得我是特地到這種地方來喝咖啡的嗎？」

「就是呀。」

聽到俊一郎不假思索的回答，曲矢先反應誇張地仰頭看向天花板，才又接著說：

「最好是啦！用膝蓋想也知道，當然是因為可能與黑術師有關的奇特案件發生了。」

雖然原本就這樣猜測，但一曉得事情果真如自己所料，俊一郎還是不禁緊張起來。光是聽到那個人的名字，他就開始胃痛了。

黑術師是社會暗黑角落中，一個令人十分忌憚的存在。真面目不明，也仍舊完全摸不清他活動的目的為何。只是，若有難以解釋的謎樣死亡案件持續發生，或是出現了讓人理不出頭緒的駭人案件，背後幾乎可以斷定都跟黑術師有關。

「黑術師這個傢伙，可以說是暗黑世界的愛染老師。」

之前曲矢曾講過這句話，俊一郎認為這句話的確透徹表達了兩者的關係。

被暱稱為愛染老師、受到眾人喜愛的外婆是致力於消除諮詢個案持有的種種負面因素，幫助他們找回身心健康的靈媒。然而另一方面，黑術師的行動正好和外婆恰恰相反。

將人類對他人產生的種種負面情感——怨恨、不滿或忌妒，增強拉高到萌生殺意，並促使他們最後實際動手——這就是黑術師的一貫手法。雖然當事者都認為自己是憑著個人意志犯案，但其實只是受到黑術師的操弄。不過殺人時，那人通常不會親自下手，多半是藉著黑術師設下咒術，讓多位被害者命喪黃泉。因此就算警方著手調查，通常死因也會被認為是意外死亡或病死。就算揪出凶手，也絕對找不出能證明犯案的證據。更別提說要逮捕幕後黑手黑術師了，那根本是不可能的任務。而且根本就連黑術師究竟身在何處都沒有人知道……

弦矢俊一郎調查的第一起案件，入谷家連續離奇死亡案件，黑術師也牽涉其中。雖然他最後總算是解開對方設下的十三之咒謎團，但那次出現了好幾位受害者；在六蠱連續殺人案件中情況也相同，在完全遏止黑術師的邪惡企圖之前，就已經有好幾位年輕女生斷送性命。

不過，為什麼黑術師和自己會有這般牽扯不斷的關連呢？

俊一郎曾經認真思考過這個問題，並為此感到煩惱。這種時候，他都一定會想起某起案件的相關人士說的那句話。

請你要小心……漆黑的、真的是暗黑且不祥的影子。

弦矢俊一郎……我想你是逃不過的。

黑術師藏身幕後協助策劃的案件，出乎意料地被俊一郎解決了。是那層連結接二連三地將有關黑術師的案件帶到他眼前嗎？

另外，不知從何時起，俊一郎的周遭偶爾會出現一個宛如黑衣女子的人影。不過，每次他注意到，正要轉頭去看時，那個人影就消失無蹤了。因此他至今都還不曾清楚看到那個黑衣女子的身影。

當初他以為那就是黑術師，不禁感到相當興奮，不過現在他確信並非如此。那肯定是黑術師驅使的手下之輩。可能是派來監視俊一郎的吧？還是想要威嚇他呢？平時就偶爾到他眼前晃來晃去，牽制他的行動，阻止他造成更大的妨礙嗎？

雖然不清楚詳細情況，根據曲矢的說法，警視廳內部針對黑術師設立了一個極為機密的部門，最高負責人是新恒警部。聽說即使在警方內部，知道這件事的人也寥寥無幾。這倒也不難理解，警方不可能大張旗鼓地承認咒術這類現象真實存在。

話雖如此，與黑術師有關的案件不停增加，讓人無法忽視。而且淨是些無法解釋的連續意外死亡、離奇連續病死、獵奇連續殺人等一口氣奪取多條人命的案件。情況越來越嚴重，警方已經不能再因這些案子並非隸屬自己管轄範圍就放著不管。

警方高層似乎曾因此去找外婆商量。商討結果，就是創立了專門搜查黑術師的部門，聽說這個部門不屬於警備部、公安部、也不歸刑事部管，是直屬於副總監的單位。雖然通稱「黑搜課」，但其實並沒有一個正式名稱。內部搜查人員在表面上似乎也都分屬於各個不同部門中。

這些機密情報都是俊一郎每次趁機東打探一點西追究一點問出來的。光從愛講話的外婆絕不會主動全盤托出這點來看，也能明白黑搜課的存在是一個最高機密。她之所以透露給自己外孫知道，肯定也是因為他身邊開始接連出現與黑術師有關的案件，而且在調查過程中會和身為黑搜課一員的曲矢刑警頻繁接觸的緣故。

「怎麼樣的案件？」

說老實話，現在俊一郎想專心處理管德代的死相。但是，既然已經聽到了黑術師的名字，就不可能置之不理。現下只能做好覺悟了，俊一郎暗自下定決心。不過——

「先喝完咖啡再說。」

曲矢自顧自地吐出這句話後，又再度環顧了事務所內一周。

並沒有等待太久，咖啡就送來了。俊一郎心想當然是曲矢去付錢，結果他居然說「你先幫我墊一下」。俊一郎抗議後，他又回「月底我一定會給你啦」，根本就是把這裡當成常去光顧的店家了。

曲矢一臉滿足地啜飲咖啡，俊一郎則暗自生著悶氣，一陣沉默在兩人之間緩緩流過。

「那麼，到底是怎樣的案子？」

刑警先生剛嚥下最後一口咖啡，俊一郎立刻迫不及待地發問。他心中暗自忿忿嘀咕，要是待會兒聽起來根本和黑術師沒什麼關係，看你是要怎麼賠我。不過……

「你知道無邊館案件嗎?」

聽到曲矢的反問，俊一郎差點就要驚叫出聲。

那起無邊館殺人案和黑術師有關嗎?搞不好德代的死相，也跟那傢伙脫不了干係，真是這樣的話……

不過，俊一郎打算暫時不提管德代的問題，先聽聽看曲矢要說什麼。在衡量過他提供的訊息後，有需要時再告訴他管德代的事就好。

「大致上應該知道。」

雖然才剛因為峰岸柚璃亞的轟炸而複習過案件細節，但為了以防萬一，俊一郎還是回了一個安全的答案。曲矢聽了就從頭開始說明。

其中大半都跟柚璃亞講的內容差不多，不過有一些她不曉得——也就是沒有對媒體公開的——情報。

「這個是最高機密，你絕對不能講出去。」

曲矢表情嚴肅地警告他後，就開始講述警方隱瞞的特殊線索中最重要的部分。

「凶手不是有帶凶器進去嗎?」

「第一把是劍、第二把是鐮刀、第三把是斧頭、第四把是長槍、第五把則是鋸子，這五種沒錯吧?」

「你記得很清楚嘛。」

「因為我的大腦也還很年輕。」

「少說廢話。其實包裹那些凶器的布袋上，有用紅色絲線繡字。」

「每個凶器的名稱嘛。」

「那是有公布的部分，但其實上面還有其他字。」

曲矢掏出筆記本，視線落在其上查閱後開口說：

「用紅線寫的是──『為了執行連續殺人而準備的五樣工具』──這種簡直像是在開玩笑的蠢話。」

「……」

「那是在布袋的正面……反面……也就是包著凶器的那一面，寫著像是統稱五件凶器名稱的『五骨之刃』。」

曲矢一說明完布袋上的文字，俊一郎就喃喃地說：

「六蠱之軀……」

「你也想到這個呀。」

藉由咒術，從擁有某個最美麗身體部位的女性身上，奪得那個美麗部位，並用蒐集來的不同部位組合出一個完美女體，正是「六蠱之軀」這個從古代中國即存在的駭人術法。某人從黑術師那邊得知這個祕密術法後，就展開了獵奇連續殺人行動，因此在曲矢的邀請之下——背後是新恒警部和黑搜課就是了——俊一郎接受了這個挑戰並成功解決案件，這還只是不到三個月前的事。

「有這種咒術嗎？」

「新恒好像已經問過愛染老師了，不過情況還不清楚。」

「因為外婆認識的那位熟知這方面的老爺爺，已經消失好一陣子了呢。」

「你說消失，是失蹤嗎？」

「誰知道。我外婆是說他大概被怪物吃掉了吧。」

曲矢臉上清楚寫著，你是在跟我開玩笑吧。不過他一領悟到俊一郎似乎是認真的，就決定直接無視他的發言。

「不管怎樣，愛染老師好像懷疑五骨之刃這組凶器的確有施了咒術。」

「所以新恒警部才認為這和黑術師有關嗎？」

「因為那個人他可是——不，那個人也是愛染老師的粉絲。而且這五個凶器的柄，都是用動物骨骸做成的。」

「所以才叫五骨之刃呀。」

「而且呀，那些骨頭中也有人骨。」

「咦……？」

對著一臉詫異的俊一郎，曲矢詳細地說明。

「五把凶器的柄都是用不同的動物骨骸製成。一般人想要收集這些骨頭非常困難，大概會先把自己弄到全身骨頭都散了吧。」

「換句話說，恐怖殺人魔應該是從事能輕易將這些動物骨骸弄到手的工作吧？」

「你換個叫法啦。害我覺得自己好像變成那些無聊恐怖電影中出場的蹩腳警官。」

不就是嗎？俊一郎將這句話吞回肚子裡。

「因為其中也有人骨，所以這個方向的搜查也在進行中，不過還沒有什麼收穫。因此新恒推測，可能是黑術師將所有材料提供給犯人，或是從一開始就把整套五骨之刃交給犯人了。」

「原來如此。不過無邊館這起案件，黑搜課並沒有出動——對吧？」

聽到俊一郎的話，曲矢露出些許驚訝神情。

「你為什麼會這樣想？」

「要是已經出動的話，因為這起案件而接到新恒警部指令的曲矢刑警，應該早就會跑來找我呀。」

「你這小鬼，這種自信是打哪來的？」

「憑我自身的能力和經驗。」

「死視的能力就算了，你的偵探經驗頂多只能算個菜鳥吧。」

「特地登門造訪那個菜鳥的，不知道又是哪位大爺喔。」

「囉嗦。是新恒叫我來的。」

「這就是所謂受僱於人的心酸嗎？」

「你這傢伙。」

曲矢正要動怒大吼，卻突然克制住情緒，只是忿忿地發著牢騷。

「可惡，為什麼我非得來照顧這種偵探小鬼呀。」

「因為這樣才出人頭地了，也不差吧？」

「哪裡出人頭地了。」

「不是從地方轄區進到警視廳的——」

「這可是調到一個連存在本身都是極高機密的部門喔，而且——」

話說到一半曲矢就突然打住。他的神情不太尋常，因此俊一郎也正色詢問：

「而且怎樣？」

「不，沒事。只是稍微說溜嘴而已。」

「什麼說溜嘴，你根本什麼都還沒講呀。」

「所以……那個——沒事。」

「曲矢刑警，如果是有關黑術師的事，你就要好好講清楚呀。不，我改一下說法。在你能夠透露的範圍內就好了，麻煩你告訴我。」

俊一郎放低姿態，曲矢牢牢地盯著他幾秒鐘，才又開口：

「說的也是，你也應該要曉得比較好。反而應該要主動告訴你才對。」

「發生了什麼事？」

「其實呀，黑搜課有人殉職。」

「……」

俊一郎驚訝地說不出話來，曲矢語氣平淡地繼續說：

「聽說是在搜尋黑術師所在地時突然遭到毒手。在黑搜課內部認為是他殺，但因為完全沒有外傷，死因被判定為病死。明明原本是殉職，卻無法告訴他的家屬這個事實，當然因公殉職的升等也沒了。話說回來，他的家屬從頭到尾根本都不曉得自己的爸爸、丈夫或兒子在做什麼樣的工作。」

「這件事情，我外婆……」

「知道。每次她都會周到地送來弔問信和要給家屬的豐厚奠儀，還會幫忙供養。」

每次，也就是說，殉職的人不只一個。

「我一開始以為你外婆是個在警察組織高層中招搖撞騙的可疑占卜師，狡猾難纏的老婆婆。不過後來漸漸明白她身為一位靈媒，擁有多麼強大的能力。還有也曉得了雖然她講話的確很毒，但那真的只是口頭上而已，內心是十分善良體貼的。高層會全心信賴她，我想也是理所當然的。」

狡猾難纏的老婆婆——這個評價十分正確。不過現在的氣氛並不適合開玩笑。毒舌程度媲美外婆的曲矢，居然會用如此認真的語氣講這種話，可以想見他是出自真心。

「是說啦，那個叫作黑術師的傢伙，就是這麼危險的對手。」

他的語氣又突然變回平常的樣子。

「我們是警察。選擇這個職業時就已經有所覺悟了。而且在確定調到黑搜課時，我想所有人都曾經重新檢視一次自己的覺悟。不過你只是一般民眾，像這麼危險的案件，真的是不應該把你扯進來。」

「不過，那是——」

「你的命吧。就算我們不來找你幫忙，想必黑術師也會主動找上你吧。」

「……大概是。」

「所以你就趕快放棄掙扎，快點來幫忙啦。」

原本剛剛還有點對曲矢刮目相看的，聽了這句話後，俊一郎覺得真是上當了。不過如果講話態度不那麼自我，那就不是曲矢了，而且自己也會感到渾身不自在，這也是事實。

「那麼，為什麼現在又輪到黑搜課出場了呢？」

俊一郎拉回正題，曲矢揮揮手像在叫他等等，邊說：

「在那之前，我先跟你說明一下搜查總部是怎麼看待無邊館殺人案件的。」

「隨機連續殺人嗎？」

「無論怎麼調查，都找不到五位被害者的共通點。而且那五個人中，有收到正式邀請的只有兩位。」

「誰和誰？」

「被第三把凶器斧頭殺害的人體工房的福村大介，和第四把長槍的犧牲者，性感寫真偶像兼女演員的矢竹瑪麗亞。」

「被第一把凶器長劍刺傷的出口秋生是金丸運輸的員工。也就是說，當天他是去工作的。」

「被第二把凶器鐮刀殺害的恐怖小說家宵之宮累，是以在關東特殊造型任職的鈴木健兒的同伴身分出席的。不過這兩個人其實互相不認識。健兒不過是受到姊姊井東佐江的拜託——她結婚後冠夫姓從鈴木變成井東——才會帶宵之宮一起去。但井東佐江一開始邀的人，其實是住在同棟大廈、隸屬同個排球隊的旭書房編輯茶木笙子。她認為茶木應該會對無邊館的活動有興趣，不過茶木拜託井東讓宵之宮累代替自己去。茶木希望宵之宮能幫忙寫新書，認為機不可失──而宵之宮因為本身工作，對無邊館的展覽應該會有興趣──就主動賣作家一個人情。」

「聽起來也太複雜了，不過意思就是，宵之宮累不過是剛好出現在派對現場吧。」

「佐官甲子郎的老婆，慘遭第五把凶器鋸子殺害的奈那子和兩人的女兒美羽也是臨時參加的。聽說原本甲子郎並沒有邀請他老婆來派對，而奈那子也沒有打算要去。不過因為兩人的離婚協議僵持不下，而每次會談時甲子郎都以工作忙碌為由沒有出席，所以她才會直接殺到保證能堵到本人的派對現場去。」

「的確，光從被害者的情況聽來，很難認為這是有計畫性鎖定對象的殺人案。」

「是呀，被害者是當場隨機被選出來的。應該可以這樣看吧？」

此時，曲矢意味深長地看著俊一郎──

「問題是，就算是隨機連續殺人，凶手真的沒有任何犯案動機嗎？」

「他心裡一定有吧。」

「譬如說？」

「譬如對於佐官甲子郎的作品，抱有極度扭曲的狂熱喜愛之類的……」

「哦，你為什麼會這樣推測？」

「包著凶器的那個布袋上，繡著『為了執行連續殺人而準備的五樣工具』對吧？這個明顯是從佐官甲子郎的電影《西山吾一慘殺劇場》中登場的殺人魔，於犯案前在筆記本上寫下『為了執行毫無意義的殺人而需要的十個條件』這個片段衍生出來的。」

「不愧是熱愛恐怖電影的阿宅。」

「誰是阿宅呀。」

「搜查總部的看法似乎也是如此。」

「警方裡也有熱愛恐怖電影的阿宅嗎？」

「怎麼可能！是有人在看佐官甲子郎的相關資料時發現的。」

狠狠瞪了俊一郎一眼後，曲矢又露出意味深長的表情問：

「你的根據就只有這個嗎？」

「再加上犯案現場的情況，我認為這個理由已經相當充分了。只是，如果還想要其他根據，那大概就是瀕死的出口秋生的囈語吧。」

「意思是？」

「我記得聽起來是『NISHI……SEI……ZAN……』吧。」

曲矢低頭確認一下筆記本，點了點頭，俊一郎見狀就繼續說下去。

「能夠推測的是，這個搞不好也跟《西山吾一慘殺劇場》有關。『NISHI』可能是『西山』的『西』。」

「那剩下的『SEI……ZAN……』呢？」

「講這幾個字時，出口已經呈現瀕死狀態了。說不定他雖然頭腦裡浮現了西山吾一這幾個字，卻一時搞不清楚該怎麼念。是『NISHIYAMA』還是『SEIZAN』（註8）呢。可能是腦袋一片混亂中，他在講『NISHIYAMA』講到一半時，又改口想講『SEIZAN』吧？」

「就算是這樣，為什麼出口要講西山吾一這個電影名稱中出現的人名？」

「譬如說是刺殺他之前，恐怖殺人魔無意識說過的……」

曲矢露出十分無趣的表情說：

「搜查總部的想法跟你差不多。」

「咦，是這樣嗎？」

俊一郎不禁喜上眉梢，曲矢則一臉不悅地看著他說：

「後來等到出口秋生身體恢復，詢問他那幾個神祕的字後，他一開始說他不記得了。不過在搜查人員多次反覆追問後，他似乎逐漸回想起來，才知道是他遭受攻擊時，凶手嘴上講的話。」

「因此警方推論，搞不好恐怖殺人魔是對佐官甲子郎的作品擁有扭曲熱情的狂熱粉絲。」

註8：「西山」這兩個字在日文中，訓讀讀為「NISHIYAMA」，音讀則是「SEIZAN」。

「佐官也真的是被不得了的粉絲迷上了。」

「正因為他的作品風格極為特殊，一旦有心態扭曲的人愛上他的電影，可能就會引發棘手的問題。」

「為了當作搜查的參考，我也看了幾部，不過他的電影與其說是恐怖，不如說是實在有夠噁心。」

「佐官導演有像《黑色毛球》這類怨念類作品，走噁心路線的《西山吾一慘殺劇場》和幻想路線的《迴轉怪奇石燈籠》，或是像《斬首運動社》這種荒謬的作品，他的風格手法可說是十分多變。不過，他每部作品裡都透著某種讓人心底莫名發毛的氣息。」

「對對，那部叫作《斬首運動社》的電影。那個是什麼鬼東西呀。把每個運動社團的社長都送去血祭，而且還——」

「有關這方面的話題，我可以講到明天早上都還講不完，這樣沒關係嗎？」

曲矢表情有些尷尬地說：

「當然有關係呀。我們原來是講到哪？」

「講到——也有麻煩的愛好者喜歡上佐官導演。」

「啊啊，沒錯。不過聽說這起案件發生之後，他人氣爆漲，電視和週刊都爭相邀請他，忙到幾乎沒有時間休息，好像一直到最近才第一次有時間休假。搞不好對他個人來說，是因禍得福……也說不定。」

對著語帶諷刺的曲矢，俊一郎單刀直入地問：

「有找到嫌疑犯了嗎？」

「是有幾個人。」

不過他回答的語氣十分沉重。想必是雖然有對幾位嫌疑犯展開調查，卻沒有從中找到可能是凶手的人吧。

「搜查總部搜索嫌疑犯時，是分成有參加派對的人和外部人士這兩組來進行。」

「沒有接到邀請的人也能進入無邊館嗎？」

「當天在玄關有入場檢查，不過因為這是變裝派對呀，檢查自然也不會嚴密到說完全溜不進去。」

「因此犯案後，恐怖殺人魔也才能輕易逃走吧？」

「是說與會人士一知道發生命案後，就有許多人爭先恐後地奪門而出。恐怕犯人就混在那些客人裡了吧。」

「有目擊者嗎？」

「當然有好幾個人主動說他們有在派對進行到一半時，看到了媒體命名為恐怖殺人魔的那個傢伙，其中還有人說他渾身是血。不過，沒有一個人親眼目擊最重要的犯案現場。有很多人說他們搞不好曾與剛殺完人、從犯案現場的房間走出來的犯人擦肩而過，不過頂多也就是這樣，根本派不上用場。」

「他脫掉變裝用衣物的那間廁所呢？」

曲矢搖搖頭說：

「沒有任何人剛好目擊到犯人在廁所裡或走出廁所時的瞬間。」

「換句話說，出口秋生和佐官美羽兩個人是非常珍貴的目擊者囉。」

「就算這樣，出口看到的是恐怖殺人魔裝扮的凶手。從他和其他目擊者的證詞中，大概可以了解凶手的身體特徵，但是——」

「只要套上厚底鞋就能改變身高，而既然身上穿著拼接服裝，那麼體格如何也看不清楚，對吧？」

「沒錯。」

曲矢語調頹喪地回：

「出口聽到的恐怖殺人魔的聲音是怎樣？」

「他是說……好像是年輕男人，不過因為聲音尖細，搞不好也可能是女人。」

「也有中年人的聲音聽起來很年輕呀。」

「是呀。根本不能當作過濾嫌疑人士的線索。」

「不過，這起案件的凶手應該不太可能是女性吧？」

聽到俊一郎的意見，曲矢輕輕地點頭說：

「出口秋生是運輸公司的員工，體格自然不差。聽說他還在公司內的棒球隊擔任隊長，平時相當活躍，可見運動神經也相當好吧。就算說一開始是從後面偷襲他，但凶手曾經兩次往他的腹部猛刺，這個的確女人應該做不來。但要說能完全排除女性是凶手的可能性……又還沒有到那個程度。」

「佐官美羽呢？」

「她之前一直處於昏睡狀態，上星期四才終於清醒過來。」

「這樣呀。」

「這個消息還沒有公開，你絕對不可以講出去喔。」

「我明白。那關於恐怖殺人魔的事，她說了什——」

面對興致高昂的俊一郎，曲矢無力地搖了搖頭。

「她雖然恢復意識，不過很可惜還沒辦法正常講話。有女警試圖在素描本上畫圖或寫字來跟她溝通，但是她只有四歲哪。」

「而且還親眼見到自己媽媽慘遭殺害……」

「根據醫生的說法，需要時間慢慢恢復。只是呀，聽說那位負責接觸她的女警認為……總覺得美羽應該知道些什麼。」

「關於恐怖殺人魔嗎？」

「恐怕是。外頭都說萬壽會醫院的醫生十分優秀，希望他們能盡早讓佐官美羽開口說話。」

聽到醫院名稱，俊一郎心中暗暗大吃一驚。這不正是昨天拿點心來道謝的山口由貴她公公擔任院長的醫院嗎？雖然不過是巧合，但不禁讓人油然而生某種像是命運般的感覺。

當然，俊一郎並不打算告訴曲矢這件事。因為不公開委託人身分，也是偵探守密義務中的一條。

「案件細節你都講得差不多了嗎？」

「還有一些小地方，有需要的時候再說就可以了吧。」

「也是。那我再問你一次，事到如今，為什麼黑搜課還是出動了？」

對於俊一郎的問題，曲矢頓了一拍才回答。

「因為參加那場派對的賓客中，出現了新的死者。」

八 再度開始殺人？

「你說新的死者……是指恐怖殺人魔幹的？」

俊一郎顯得有些疑惑，曲矢表情苦澀地說：

「我要是知道就不用那麼辛苦了。順帶一提，死因是心臟麻痺。」

「不過，死者遺體上出現了，某種沒辦法單純看作病死的情況。」

曲矢沉重地點了點頭。

「而且還是跟無邊館殺人案件有關，並且能夠推測黑術師牽涉其中，具有可信度的情狀。」

曲矢再度點頭後，開口說明。

「被害者叫石堂誠，三十四歲，在『螺旋』這個劇團擔任製作人兼舞臺監督，和佐官甲子郎是從大學時代就認識的好友。兩人一起在電影研究會的閒暇之餘，創立了五人制足球同好會。無邊館的那場派對，他是和同劇團的導演石堂葉月一起去的。兩人並非夫婦，是兄妹。」

「什麼時候，在哪裡過世的？」

「這星期二晚上，有人看到他走在阿佐之谷的某條小巷正中央時突然倒下。那天，他從傍晚開始在下北澤的劇場裡有排練。排練結束後，他就直接回位於阿佐之谷的家裡。」

「是在回家路上過世的嗎？」

「走進那條小巷前，石堂有先跑到附近的便利商店。根據店員的說法，他進店時的模樣，看起來簡直像是有人在後面追趕他一樣。」

「不過店員沒有看見可疑的人。」

「沒錯。就算進到店裡之後，石堂還是頻頻在意外頭的情況。所以店員也朝店外看去，不過那裡一個人也沒有。石堂在店裡打發時間，待了好一陣子才離開。據說這段時間內店員一直在觀察他，並未看到有人從車站方面追著他到店前。從頭到尾就只有他自己一個人從車站過來，進到便利商店，又走了出去。」

「被害者的妹妹呢？」

「石堂葉月和劇團成員一起去喝酒。是說那時似乎只有石堂誠一個人跑回家。」

「他的遺體上，究竟有什麼……？」

曲矢沉默地望著俊一郎幾秒鐘，才用幾乎不帶情感的平板聲音說：

「在他的背後、胸口、腹部這幾個地方，發現好幾條蚯蚓似的紅腫痕跡。可是驗屍官無法判斷這究竟是由什麼造成的，只是確認了遺體上確實存在這些痕跡。」

「也就是說，雖然有發現傷痕，但完全不曉得是用什麼凶器，又遭受怎樣的攻擊才留下來的意思嗎？」

「不，不是傷痕。只是好幾條蚯蚓形狀的紅腫。」

曲矢不耐煩地解釋：

「不管是自己劃的，還是別人劃的，所謂傷痕，是從皮膚上面受到攻擊留下來的東西吧？可是呀，這幾條紅腫不同，不是那樣。」

「難道看起來像從內側留下的嗎？」

「聽說……驗屍官不願意接受這個看法。」

這也可以想見。就算這的確是事實，但要是膽敢在報告中這樣寫，自己的能力肯定會受到懷疑。

「只是呀，聽說新恒有問他——先不管凶器是什麼，這痕跡是怎麼留下來的，紅腫的狀態又是如何這類問題，如果把那當作是留在遺體上的細長傷痕，那看起來像是什麼傷痕呢？」

「他怎麼回？」

「銳利刀劍劈砍的痕跡……這是非官方的回答。」

「注意到石堂誠奇異行為的人，只有那個便利商店的店員嗎？他妹妹都沒有發現什麼奇怪的地方嗎？」

「不，聽說他從好幾天前開始就顯得不太對勁。只是就算關心詢問，石堂誠也只說連續做了好幾晚惡夢，所以他妹妹就沒有太放在心上。因為劇團公演前有很多事情要忙，他妹妹似乎認為哥哥肯定只是操勞過度罷了。」

「惡夢的內容是？」

「就算聽了也沒有什麼參考價值喔。他身處一個極為黑暗的地方，感覺到有股視線牢牢地盯著自己，還有噁心的臭味和不知名東西的氣息之類的，都是些非常抽象的內容。」

石堂誠的惡夢內容和管德代十分相似。說什麼沒參考價值，搞不好是大大有關係。

「只是，據說那個惡夢裡的內容，也出現在現實生活中了。」

「他死前表現出好像遭人追趕的模樣，正是因為這樣嗎？」

「好像是。當然這只是他自己的感覺，沒有辦法證明這是事實。」

「不是有他妹妹的證詞嗎？」

「他妹妹說石堂誠沒有講太多惡夢的細節。不過她也說，這應該可以看作她哥哥真心感到害怕的證據。」

只是當作夢境在談論時，其實內心還能保持輕鬆看待。但當那個夢境開始入侵現實生活後，劇烈的恐懼席捲而來，因此根本無力找別人商量。站在石堂誠的立場想像後，情況應該是如此吧。

「聽說在他妹妹少數聽他講過的幾個經歷裡，有一個相當令人毛骨悚然。」

「是什麼？」

「他獨自走在深夜沒有人的路上時，突然覺得有人叫他。他立刻回頭，但身後一個人也沒有。即使環顧四周，還是連個人影都沒見著。只有他一個人在那裡，卻突然覺得有人在叫他……」

「是叫、叫名字嗎？」

俊一郎不自覺地激動起來，曲矢眼神銳利地盯著他看。

「這點十分奇特，本人也說他不太清楚。不過，的確有誰在叫自己的感覺。這種摸不著頭緒的奇怪感覺，似乎更讓他覺得心裡不舒服。就連他妹妹葉月也說，聽哥哥講這段話時也是全身一震，背上直冒冷汗。」

俊一郎現在也感受到和石堂兄妹相同的戰慄。

……跟管德代一樣。

這已經超過單純相似的程度了。如果能在石堂誠過世前用死視看過的話，應該能看到和德代相同的死相吧？

無邊館……

兩人的共通點是，都和那棟洋館有關係。不過石堂誠是《恐怖的表現》這場展覽的開幕派對的參加者，德代則只是在大約七個月後，曾經半夜進去探險而已。兩人和無邊館的關係，差得實在太多了。

俊一郎沉思了一會兒後，才又開口：

「新恒警部認為是恐怖殺人魔又再次採取行動了嗎？而且還察覺到黑術師隱身在背後嗎？」

「無邊館案件時，新恒就已經懷疑和黑術師有關，不過警視廳內部針對那起案件設立了正式的搜查總部，這樣一來，就連新恒也難以讓黑搜課有機會大顯身手。不過，直到現在還沒能找到可疑嫌犯，搜查幾乎陷入膠著狀態時，又有一個參加派對的人離奇死亡，而且遺體上還出現了不合常理的傷痕，這實在沒辦法不讓人聯想到無邊館案件的凶手，新恒會充滿幹勁也是可以想像吧。」

「我了解警部的想法了，不過，光靠這樣就——」

「其實黑搜課也有進行過無邊館的現場鑑識，雖然說最要緊的部分是外包啦。」

「外包？」

俊一郎詫異地問，曲矢臉上浮現不懷好意的笑容說：

「我們請愛染老師去看過無邊館了。」

「什、什麼？外婆來過關東了嗎？我完全沒聽說呀。她是連個招呼都沒打就又回關西了嗎？」

俊一郎大驚失色，還搞錯對象對著眼前的刑警發起牢騷。曲矢一臉興味盎然地反覆說著「不用太在意啦」來安撫他。

「愛染老師事前就拜託我們不要告訴你。說要是親愛的外婆到關東來，那個孩子肯定說什麼也會想要見上一面。不過現在可是讓外孫習慣獨立生活的關鍵時期，她不想要勾起那孩子的思鄉情懷。雖然自己也很想看看可愛的外孫，但現在只能狠下心腸拚命忍耐，所以麻煩——」

「難道外婆……」

俊一郎打斷曲矢的說明，開口發問：

「她沒有委婉但強烈地要求：奈良到京都要坐近鐵特急，京都到東京則要坐新幹線中最快的希望號綠色商務艙，當然還要附上高級鐵路便當和綠茶，至於東京車站到摩館市則是警方高級車輛接送這些條件嗎？回程也是相同方式。」

「嗯……啊，我是這樣聽說沒錯。」

望著一臉搞不清楚狀況的曲矢，俊一郎不禁苦笑說：

「說什麼為我著想都是騙人的，外婆只是覺得還要繞過來很麻煩而已啦。大言不慚地說什麼不想勾起我的思鄉情懷，她之前還天天打電話來叫我盂蘭盆節一定要回去咧。」

「是、是這樣呀。」

「所以我才特地在忙得要命的行程中空下時間，盂蘭盆節時回了關西一趟。是說，她還要求回程的新幹線要有啤酒和下酒點心吧？」

「你實在有夠了解耶。」

「因為我已經當那位外婆的孫子很久了。順帶一提，要是我外公的話，一切都會恰恰相反。」

「相反是指什麼？」

「就是說，他會從奈良搭普通電車來東京呀。」

「搭、搭慢車嗎？」

「應該會搭不需要付特急費用的急行吧。不過那並非為了趕時間，只是因為他想要搭各種電車。」

「弦矢駿作老師是鐵道迷嗎？」

「並不是。他應該只是認為旅行就該享受移動的過程吧。」

「兩個人差這麼多，居然還能結婚。」

看著曲矢過度吃驚而由衷感到佩服的模樣，讓俊一郎差點笑出來。

「這兩人的奇特故事多得數不清，不過現在比較重要的是，外婆在無邊館感覺到了什麼吧？」

「啊，當然。」

曲矢的表情立刻轉為認真。

「根據愛染老師的說法，那棟建築物可能被施行了某種咒術。」

「某種裝置或是陷阱之類的嗎？」

「並不是像那類有明確用途的東西，而是為了要喚醒那棟屋子的記憶……這樣。」

「無邊館的記憶……案發當日的？」

「似乎是這樣。」

曲矢嘴上雖然如此回答，但表情顯示了他自己也搞不太懂這究竟是什麼意思。

「那個咒術就像蜘蛛網一般布滿整棟無邊館，聽說那些觸手也有伸向那時踏入館內的愛染老師和新恒喔。」

啊……俊一郎差一點就要大叫出來。

德代肯定是被那個觸手抓到了！

但是這樣的話，為什麼其他三人完全沒事呢？四個人經過的地方都相同。經歷到的詭異現象雖然程度有別，內容卻十分相似。應該是沒有什麼地方只有德代一個人去過，或有什麼奇特現象只有她遇到才對。

那麼，為什麼只有德代出現死相，其他三人身上什麼也沒有呢？

「啊……」

他這次忍不住真的叫出聲了。

好像有人在叫自己……

管德代和石堂誠兩人都曾說過好像有人在叫自己。但問到是否真的有聽到誰在叫自己的名字時，印象又十分模糊。只是強烈感到有人在叫自己這點非常相似。

這個現象究竟有什麼含意呢？

俊一郎完全陷入沉思中。

「……喂。」

曲矢突然叫他。俊一郎猛然抬頭看向刑警，他望著自己的眼神充滿懷疑。

「你有隱瞞什麼事吧？」

俊一郎無法馬上回答這個問題。

「我剛剛就一直覺得你的樣子有點奇怪，該不會是有什麼關於無邊館案件的情報吧？還是愛染老師有偷偷告訴你什麼事情？到底是怎樣？」

曲矢咄咄逼人地追問。在這方面，他不愧是現役刑警。

「外婆什麼也沒跟我說。我根本連她去過無邊館都不曉得呀。」

「外婆和孫子之間，有人這樣保密的嗎——我是很想這樣說啦，不過你們家並非普通人家。」

「你不要講得我們很異常一樣。」

俊一郎立刻抗議，但是曲矢完全無視，逕自繼續推論：

「這樣的話，有可能的就剩下偵探事務所的委託人了吧。」

「……」

「哦，看來是說中了呢。」

俊一郎緊閉著嘴，曲矢猛然朝他探出身子。

「那麼，你就快點招認吧。我可是毫無保留地全都告訴你了。」

「你只是自己擅自跑來，又一個人自顧自地講個沒完吧？」

「講那什麼蠢話。這可是新恒他發出的正式——不，在表面上是非正式——委託。要是你那邊也知道些什麼，照理說就該全盤托出，兩邊分享情報才對呀。」

「關於委託人的資訊，我有義務要保守祕密。」

「你這個人。」

俊一郎側眼看著曲矢半是傻眼半是氣惱的模樣，大腦正高速運轉。能夠最優先固守委託人利益，也能妥善處理正要接手的新案件的最好方式是什麼呢？這是他必須當機立斷的問題。

「喂，你這混小子，給我聽好——」

「我明白了。」

曲矢正要開始威嚇他時，俊一郎就開始描述峰岸柚璃亞和管德代來事務所的前因後果。

「……這不是跟石堂誠很像嗎？不，應該說根本一模一樣了吧。」

過程中一句話都沒插嘴的曲矢，在聽完俊一郎的說明後，先是目瞪口呆地喃喃自語，接著又突然回到平常語氣問：

「你為什麼突然又改變心意了？」

「當然是因為我認為這樣做對委託人有好處。就像你也已經察覺到的，兩人的遭遇極為相似，我猜死相可能也一樣。」

「果然是這樣呀。」

曲矢的語氣透露出遺憾。大概是因為事到如今，這點已經無法確認了吧。

「那麼，死相出現的原因是什麼？」

對著急著追問的曲矢——

「我還不清楚呀。」

俊一郎先搖了搖頭，再繼續說下去：

「不過，原本只有管德代一人出現死相，現在加上了石堂誠的案例，而且兩人還都和無邊館有關，也已經曉得那棟建築物上被施咒。」

「關於那個咒術，愛染老師的說法是，如果能夠更早找出它是在挖掘無邊館記憶中的什麼，石堂誠肯定就能獲救了吧。」

「想要挖掘的是派對與會人士的某種記憶……嗎？」

「應該吧。因為那個記憶，管德代這個還在念書的學生也被挑中了。」

「有這麼多線索，應該不難找到解決的辦法。」

「聽你這樣說我就放心了。不過既然說到解決辦法，眼前不是就有一個簡單迅速的方法嗎？」

曲矢講這句話的語氣，立刻讓俊一郎心中浮現討人厭的預感，然而，他還是按捺不住自己的好奇心。

「什麼方法？」

「就是用死視看過所有參加那場無邊館派對的人呀。」

「……我來看嗎？」

「不然還有誰？」

「新恒警部的委託，就是指這個呀？」

「嗯。他認為這樣下去，肯定還會出現第二、第三個石堂誠。」

「相關人士總共有多少人？」

對著追問細節的俊一郎，曲矢咧嘴露出不懷好意的笑容回：

「加上受邀賓客以外的人，全部大概有一百二十人。」

「這……」

「相關人士中還包含張羅派對餐飲的外燴人員。因為隨機殺人的可能性相當高，所以只將範圍鎖定在受邀賓客有風險吧。不過也沒有必要將所有相關人士都涵蓋進來，只要把當天派對開始待在無邊館裡的人都當作對象——」

「等、等一下。」

俊一郎頓時慌了手腳。曲矢則一臉愉悅地瞧著他。

「你是在說要我用死視去看那一百二十個人嗎？」

「不用擔心，我們會付委託費的。」

「那還用說。不、不是這個問題。不可能吧。如果把一百二十個人集中在一個地方也就算了，在他們分散在東京都內各處的狀態下，而且裡面也有其他縣來的人吧？要我一個人用死視看一百二十個人，你覺得要花多少時間？」

俊一郎的語調裡蘊含著怒氣，與他相反，曲矢則是一臉悠哉地笑著說：

「那個就不用操心了。這個週末會舉行無邊館案件被害者的聯合慰靈祭。表面上的主辦人是電影導演佐官甲子郎，不過實際上是由警視廳黑搜課全權處理。已經發電子郵件寄送相關資訊給所有當初參加派對的人了，而且幾個重點人物，也都讓佐官親自聯繫，請對方務必出席。還有警方這邊也正分別連絡每個人，以案子有新進展想要個別詢問一些事情為由，請他們一定要出席聯合慰靈祭，並在會後預留一段時間談話。這樣一來，出席率應該可以大幅提升。」

「已經做到這種地步……」

石誠堂是在星期二過世的，短短幾天內就完成了從張羅聯合慰靈祭會場到連絡每位相關人士的各項工作，可以想見黑搜課的行動效率有多驚人。

「以政府公務員來說工作效率超高吧？要是拖拖拉拉，就又會出現新的死者啦。」

「雖然的確是這樣沒錯，可是……咦！那、那麼說來，不是早在今天我們談話之前，我會在那場聯合慰靈祭用死視觀察出席者這件事就已經是既定事實了嗎？」

「嗯，是呀。」

相對於目瞪口呆的俊一郎，曲矢只是淡淡地回應。

「要、要是我拒絕的話，你們要怎麼辦？」

「但是，你不會拒絕。不是嗎？」

「……」

曲矢直視著他說出的這句反問，俊一郎確實無法否認。就如同新恒所推測的，這樣下去，大概真的會出現第二、第三個石堂誠吧。非常遺憾地，不得不承認那樣的可能性非常高。

或許能阻止這件事發生的，只有弦矢俊一郎一個人。

「好，那就這樣定案了。聯合慰靈祭是從明天下午開始，我會來接你——」

「……等等。」

雖然俊一郎只是小聲地嘟噥，不過曲矢立刻打住。想必是他已經從俊一郎的神情中，察覺到不尋常之處。但他回話時也只是故作輕鬆地說：

「怎樣啦。你該不會想趁火打劫，要開價一個人頭多少錢這樣吧？」

「我又不是外婆。」

「愛染老師果然會來這招呀。」

「大概。而且可能還會說每超過十個人，一個人的單價就要變高。憑著用死視看的人數越多，對自己的精神和肉體就會消耗越大的這個理由。」

「我想的確是會累啦……話說回來，果然是個不能掉以輕心的恐怖老婆婆呢。你也是滿辛苦的。」

不過俊一郎沒有理會曲矢的風涼話，他直直地盯著刑警的臉看。

「所以到底是怎樣啦。你要是有什麼話想說，就清楚——」

「你應該明白。這會和六蠱連續殺人案件那時有相同的問題。」

「……啊啊。」

曲矢重重地嘆了一口氣。

「萬一你看到跟無邊館案件無關的死相，該怎麼處理那個人呢——沒錯吧？既然已經看到死相了，就沒辦法裝作沒看見。但如果要把原本的主要案件擺在一旁，去處理那個人身上的死相，這不是又本末倒置了嗎？而且更基本的問題是該怎麼跟當事者說明呢？另外，要是出現其他死相的人不只一個，又該怎麼辦呢？光靠你一個人的力量根本負荷不來吧？但是又不能因此就放著不管。如果不能找到解決這個問題的辦法，你就不願意用死視去看大量的人。就是這些吧。」

「你不是很清楚嗎？」

「當然。我雖然和你認識不久，但是過程還滿精彩豐富的。」

「這樣的話——」

「你該長大了。」

「你在說什麼……？」

俊一郎露出疑惑的神情，曲矢難得表情認真地說：

「你可以自由開啟或關閉觀看死相的能力吧？是因為在愛染老師身邊的長年修行，所以才學會如何控制沒錯吧？」

「的確我是可以自由切換……」

「平常你都是處於關閉的狀態，特別外出時更是絕對嚴格執行。因為要是在擦身而過的路人身上看見死相，就得面對接下來該怎麼處理這個問題。明明你清楚那個事實，卻刻意裝作不知道，是因為這和你身為死相學偵探的意義相關。也就是說，你會感覺到道義上的責任。」

接著，曲矢眼神銳利地緊緊盯著俊一郎。

「只是呀，當你認為並非委託人的那些人根本沒辦法處理——的這個時間點，結果就已經註定相同了。假設有一個叫作A的人從馬路另一頭走過來，當然你完全不認識A，這是第一次碰面。然後，剛好這時你的死視能力是啟動的，於是不小心看到A的死相了，但是你不能告訴他這件事。另一方面，如果你的死視能力一直處於休眠狀態，那因為反正你沒看到A的死相，當然也不會去做任何事情。換句話說，無論哪種情況結果都相——」

「不一樣！」

俊一郎激動地否定。

「不管是否將看到的死相告知當事者本人，這個事實本身都會一直存留下來不是嗎？或許能當作不過是在路上擦肩而過的人就忘懷，但要是一個搞不好，也可能會就這樣一輩子記住自己曾在某個人身上看過這種死相——」

「那是從你的立場來看吧。對A本人來說，不管哪種情況都一樣呀。」

「不、不能這樣說……」

「無論有沒有被死視看過，總之A都難逃一死。他快要死了這一點，是不會有任何改變的。」

「所以你是在叫我要告訴A死相的事嗎？但是只要告訴他，我對A就會產生責任——」

「說那什麼天真的話啊！不久之前還躲在家裡足不出戶的陰沉小鬼，有什麼資格談責任呀！」

曲矢大吼。

「那我問你，你能拯救日本國內所有出現死相的人嗎？」

「當然不行呀。」

「既然這樣，你就放棄A呀。有什麼不同？」

「我有沒有看到死相這點，就差很多。」

「不過，你不可能拯救所有人。這種事你從一開始就明白了吧。這不是你開始擔任死相學偵探時就應該要有的覺悟嗎？」

「……」

「雖然看到某個人身上的死相，卻沒辦法告訴他，也沒辦法救他。我不會說我能了解你的無力和痛苦。可是呀，也不是真的完全不能體會，那肯定很不好受吧。不過，你要去思考那個難受的意義，那不就是你身為死相學偵探的極限嗎？」

「我的，極限……」

俊一郎一臉驚愕，曲矢繼續目光嚴肅地說：

「你該不會以為自己沒有極限吧？誰都有極限，這是理所當然的事情。當然那種把這當作藉口偷懶的糟糕傢伙不在討論範圍內，但是不承認自己的極限一個勁兒往前衝的傢伙也是很麻煩呀。自從開了這家偵探事務所之後，你身為死相學偵探，從來不曾草草了事，一直拚命努力不是嗎？就算你看得見死相，也不用把所有人的死亡都當成自己的責任呀。有多少人拜你的能力之賜而撿回一條命。你該想的是這點。」

「不，可是……」

「也是啦。委託人裡面也有人最後過世了吧，那也是你的極限。所以，不要想一個人去承擔更多的辛苦了。」

曲矢這個人，平時就算來事務所露臉，也只會講些揶揄俊一郎的話，不然就是單方面將警方的工作丟給俊一郎。正因為這是他難得認真的發言，所以在俊一郎身上發揮了莫大效果。

「總之就是這樣，那明天就拜託你了。」

不過，趁勢追擊，一口氣跳到結論這點，果然也很像曲矢會做的事。雖然還沒辦法完全接受，但仔細考量現況後，也只能先接受新恒警部的委託了。俊一郎下定決心。

「……我明白了。」

「呼，太好了。這樣一來，說服你去參加聯合慰靈祭的任務，總算順利解決了。」

曲矢刻意伸懶腰的動作充滿了嘲諷的意味，他同時若無其事地環顧事務所內部。其實這已經是第三次了。第一次是他剛踏進事務所時，第二次是在等咖啡送來的時候，他都出現同樣的行為。

「你在找什麼嗎？」

俊一郎裝傻詢問，不過他早就看穿原因了。怎麼沒看到小俊咧？曲矢肯定是在意這件事。這個嘴巴壞又不討喜的刑警，雖然死命隱藏，但其實超級喜歡貓咪，可是他又怕貓。之前有次俊一郎發現他擁有如此矛盾的性格。自那時起，俊一郎總想用小俊的事藉機調侃他，而那個千載難逢的機會，或許現在終於降臨了。

「沒、沒有，就是——那個。」

曲矢立刻顯得很不自在。

「那個？那個是指什麼？」

「就是……那、那、那個呀。」

「你不講清楚，我怎麼會曉得是哪個呀。」

俊一郎繼續裝傻，曲矢下定決心似地說：

「今天不、不在嗎？」

「誰呀？」

「就是……小、小、小小小小小……」

俊一郎差點就要笑出來。曲矢應該是想說「小俊」吧？

「小小小？」

他壞心眼地反問。

「沒有，就是，小、小、小小小小小小……」

俊一郎已經憋笑憋到肚子都發疼了。而旁邊的曲矢則是一臉認真地想要講出小俊的名字。

「小、小、小、小小小小……」

看他實在是有點可憐……

「啊啊，是小俊嗎？」

雖然俊一郎講出了貓咪名字，但那瞬間曲矢突然生氣地說：

「才不是小、小、小俊咧，牠叫作，小俊喵！」

一瞬間，俊一郎傻在當場。不過他看見曲矢的臉驀地脹紅，就立刻低下頭。當然是為了掩飾臉上的開懷笑意。

肚、肚子好痛……

雖然他很想要放聲大笑，但這樣曲矢肯定會氣瘋。這傢伙原本就相當難搞，而且今天已經聊了很久了，差不多該讓他回去了。

俊一郎艱難地壓抑笑意，擺出認真的表情說：

「這樣說起來，你來之前牠還在呀。不過現在沒有出現，應該是去散步了吧。」

「這、這樣呀。」

「那要我去附近找找，把牠帶回來嗎？」

「不、不、不、不用了。」

曲矢極為激動地同時搖頭和揮動雙手。那個模樣實在太滑稽，俊一郎差點又要忍不住笑出來了。

「牠要是在散步，就不應該去打擾牠。我希望小、小……牠、牠可以好好地盡情散步。」

「……那就算了。」

曲矢過於一板一眼的回答，讓人覺得有點起雞皮疙瘩。小俊被難搞的傢伙喜歡上了呀，俊一郎不禁感到同情。

確認好明天的時間後，曲矢離去時一副捨不得走的模樣。不過要是小俊真的出現，他肯定又會變得不知所措。明明想要摸牠，卻又辦不到，陷入進退兩難的處境，悶悶不樂吧。

真是個麻煩的男人。

俊一郎望著緊閉的房門露出苦笑時，喵……隨著一聲像是很困擾的叫聲，小俊從電腦後面現身。

「你果然在家呀。」

小俊再度喵地叫了一聲，並微微側著牠毛茸茸的小頭。

「你也真是辛苦。要是跑出來，曲矢應該會很高興，但同時又會感到害怕，他就是這麼矛盾的男人呀。不過偶爾還是要出來讓他看一下喔，不然那位刑警會很失望的。」

小俊發出表示了解的叫聲後，就縱身一躍跳下桌子跑到沙發前，再輕巧地跳到俊一郎的大腿上。接著，牠雙眼圓睜，定定地注視著俊一郎的臉。

「怎樣？餅乾不行喔，那是要給外婆——」

講到一半突然發現不對。

「是新恒警部委託的那個工作嗎？」

喵地叫了一聲，小俊點點頭。俊一郎見狀心情驀地變得沉重。

「……不過，接受那個工作，應該是正確的吧。」

喵——小俊立刻堅定有力地表示同意。看到小俊毫無遲疑的反應，俊一郎內心的重擔突然稍微減輕了些。

明天在聯合慰靈祭要是用死視看到了和這次案件無關的死相，肯定會很煩惱吧。不過也不能為了逃避這種情況，就眼睜睜看著那些可能將成為連續殺人案被害者的人送命，這樣做就本末倒置了。這一點我很清楚。非常清楚，只是——

死相學偵探的極限……

好不容易才克服了不擅與他人溝通的性格，偵探事務所的經營也總算上軌道的此刻，眼前又突然出現了一堵高牆擋住去路。俊一郎實在無法不感到喪氣。

九　聯合慰靈祭

星期六下午，弦矢俊一郎坐上專程來神保町的偵探事務所接他的便衣警車。車子朝著無邊館案件聯合慰靈祭的舉辦地點，新宿都民中心一路奔馳。當然，曲矢刑警也坐在後座他旁邊的位子上。

雖然昨天已經下定決心，可是一旦實際要動用死視的時刻逼近眼前，果然內心還是感到不安。要是看到有死相出現在與案件無關的人身上，自己真的能裝作什麼不知道嗎？

你能夠拯救日本國內所有出現死相的人嗎？

俊一郎了解曲矢想告訴他什麼。他明白，如果自己想要一直做死相學偵探這份工作，也確實必須早點弄清楚自己的極限。只是到頭來，終究無法改變對出現死相的人見死不救的結局。他的意思應該是……要是沒有這種程度的決心，不如就乾脆放棄死相學偵探這份工作吧。

一旦開始思考這個問題，心情就直直往下墜，俊一郎差點就要陷入憂鬱狀態了。待會可是得用死視看過很多人，精神狀態這麼低落實在不太妙。

俊一郎隨口敷衍對著流過車窗外的風景指指點點，悠哉地發表意見的曲矢，馬上在內心轉換想法。他決定在抵達聯合慰靈祭會場前的路上，要來理一理這起案件的情況。

一切的開端恐怕是，黑術師發現了某個對恐怖電影導演佐官甲子郎暗地抱有扭曲情感的人吧。他怎麼發現的這還是個謎。或許可以想作在黑術師偷偷布下的邪惡羅網中，那個人如墨般的深沉惡意產生了某種感應吧。

然後黑術師就主動接觸那個人。不過應該並非黑術師本人出馬，而是由類似手下的人代為碰面吧？從六蠱案件的例子來看，也能判斷這個推理的可信度應該相當高。也可能就是老跟在俊一郎身邊的那個黑衣女子在負責這個工作。

無論是哪種情況，可以確定的是黑術師憑著與對方接觸，加劇了他的扭曲情感，提升到萌生殺意的程度。照外婆的說法，要將純然「潔白的情感」染「黑」，這就連黑術師也難以達成，不過如果只是要將「灰色」或「近似黑色」的心念，轉變成「漆黑的惡意」，似乎是易如反掌。

結果，那位仁兄搞了一個想向自己偏愛的《西山吾一慘殺劇場》致敬的連續殺人計畫，趁著無邊館因《恐怖的表現》展覽開幕派對而人聲鼎沸時悄悄潛入，化身為恐怖殺人魔。

在這之前，黑術師就已經事先將「五骨之刃」交給凶手。雖然不清楚那些凶器上有什麼咒法，不過可以想見，肯定是利用這五把凶器完成連續殺人之後，就能實現凶手的邪惡願望之類的效力吧。

但是，恐怖殺人魔失敗了，而且第一位受害者出口秋生就僥倖存活了下來。雖然頂多只是推測，但這樣一來，搞不好即使成功殺害第二到第五位受害者，也沒有任何意義。只是白白使用了五骨之刃……

因此，黑術師再給恐怖殺人魔一次機會，不過這次並不需要凶手直接下手，而是由黑術師在無邊館設下某種咒術裝置，讓相關人士離奇死去。雖說不需要直接接觸，但被害者臨死之際，恐怖殺人魔潛伏在附近的可能性相當大，正因如此，石堂誠才會在過世前幾天一直感覺到莫名的氣息吧？

這樣就浮出一個問題，那個咒術裝置的機關，根據外婆推測，似乎是用來搜索無邊館在案發當日的記憶。石堂誠，就是因此而被挑中的一位。那麼，在大約一百二十個人中選中他的理由，究竟是什麼呢？到底什麼才是這次決定犧牲者的基準呢？

就算先把外婆的推測擺到一旁，單從無邊館被設了咒術裝置這點來看，把被害者的範圍限定在《恐怖的表現》展覽的與會人士這點應該沒有問題。換句話說，就是和佐官甲子郎有關的人。不過這樣一來，管德代又為什麼包含在其中呢？她只不過是跑到無邊館去探險，跟《恐怖的表現》展覽根本毫無關聯。要是踏進慘案現場這點是問題的話，那麼同行的其他三人也應該無法全身而退才對？為什麼只有德代一個人身上出現死相呢？

疑問接二連三地浮現。黑術師在無邊館設下咒術裝置的時間點，肯定是在那起慘案發生之後。那麼，是什麼時候呢？要是案發不久後就設了，那麼石堂誠應該早就死了吧。這樣說來，應該是最近的事。

還有一點很讓人在意，峰岸柚璃亞曾說，長谷川要人在用鑰匙打開無邊館的大門和玄關時，有出現不尋常的反應。搞不好要人是對於少說也好幾個月沒有人開過的鎖，居然連續兩個都輕易轉開這點感到詫異吧？從長年的房屋仲介經驗中，察覺到事情不太自然嗎？

真要是這樣，那麼黑術師是最近才設咒術裝置的可能性就更高了。不過，為什麼非得要刻意在那起案件發生後留下將近七個月的空白呢？就算案發當時沒辦法，那麼兩、三個月後設不就好了嗎？再度展開行動的這個時間點，究竟隱含什麼樣的意義呢？

還有其他問題。恐怖殺人魔在無邊館的派對中犯下的是隨機連續殺人案，五位被害者不過是碰巧在現場被他挑中的對象。除了遭到凶手誘騙進「棄屍」那間房間的出口秋生，還有在走廊遇襲的佐官奈那子這兩人之外，其他三人都是剛好走進後來成為案發現場的展覽室的倒楣鬼。不，就連出口也是，當時也有可能是另外一位員工被叫進去。佐官的老婆奈那子也相同，如果她沒有講她老公的壞話，搞不好就能獲救。到頭來，受害者都像是犯人隨機選出來的。

然而，新一批的犧牲者似乎是由無邊館的咒術裝置挑選出來的。為什麼呢？為什麼需要挑選呢？

問題還不只這樣。發生在無邊館裡的隨機連續殺人，雖然有黑術師在暗中幫忙，但實際動手的只有恐怖殺人魔一個人。但最近發生的案件中，黑術師的咒殺卻成了直接死因。為什麼呢？為什麼不讓凶手直接動手殺了石堂誠呢？是因為已經沒辦法再提供和五骨之刃一樣的凶器嗎？還是有什麼其他理由呢？

說到理由，黑術師這麼大力協助無邊館殺人案件凶手的動機也令人無法理解。黑術師的目的是找出對他人或世界抱有邪惡意念的人，最大程度地引出並激發對方的負面情感，再讓他犯下殘虐的連續殺人案，或人為促使悲慘意外發生。從這層意義來看，他就像恐怖分子。不過，有潛力犯下這種案件之輩，應該還多得數不清。而他卻慷慨地給予在無邊館失手的恐怖殺人魔第二次機會，這到底有什麼原因呢？

令人費解的謎團實在太多了。

俊一郎感到茫然無措，究竟該從哪裡開始著手才好？就連這點也令他感到舉棋不定。

果然，關鍵還是在那些新的犧牲者身上嗎……？

在聯合慰靈祭用死視看過之後，將出現死相的人挑出來，再加上管德代和石堂誠兩位，找出所有人共通的某個條件。那項條件肯定會成為解決案件的關鍵。

然而要是無法從中找出線索，就會變成一場極為艱鉅的長期抗戰了。

俊一郎表情凝重地陷入自己的思緒時，曲矢那毫無緊張感的聲音突然從旁邊傳進耳裡。

「哦，看到都民中心了。話說回來，政府居然用納稅人的錢蓋了這棟只是體積龐大，根本沒什麼用的建築物。是說，我們也是因此才能用便宜的價錢租到這麼大的會場啦。」

「黑搜課預算很吃緊嗎？」

俊一郎不假思索地詢問。曲矢一臉「你在說廢話嗎」的表情說：

「這個部門名義上是不存在的呀。我是不清楚他們怎麼弄來這些預算的，但想必不會太充裕吧。」

接著瞄了俊一郎幾眼——

「怎麼，你對這種事情有興趣呀。」

「經營偵探事務所也是很辛苦的呢。別看我年紀輕輕，我好歹也算是個老闆。」

「哇——這真是看不出來。」

兩人你一言我一語時，便衣警車已經抵達都民中心。車子通過大門後，就直接往都民中心的後門開去。距慰靈祭開始還有一段時間，但似乎是新恒有下令要盡量低調行事。

因此從便衣警車走下來的兩人也迅速從後門走進都民中心內。

「哦，相當氣派嘛。」

一踏入主要會場，曲矢就讚許地說。

設置在正面的祭壇上方，掛著恐怖小說家宵之宮累、人體工房師傅福村大介、性感寫真偶像兼女演員的矢竹瑪麗亞，還有電影導演佐官甲子郎的老婆佐官奈那子四個人的大幅照片，周圍則擺滿了菊花。照片前設有燒香檯，空氣中已經飄散著線香的氣味。

「好久不見。」

俊一郎突然聽見有人朝自己打招呼，連忙轉過頭去，就看到臉上掛著溫和笑意的新恒警部。

「讓你在百忙之中特地前來，謝謝。」

「……哪、哪裡。」

俊一郎低頭小聲回答，而新恒臉上浮現出擔憂的神情。

「這次的委託也相當辛苦，真是不好意思。需要你用死視看的人非常多，我有點擔心不曉得會不會給你造成太大的負擔。」

「我想，應該，沒問題。」

雖然內心並沒有十成把握，但既然事情到了這個地步，也只能硬著頭皮撐到底。

「這樣嗎？聽到你這樣說我就安心了。不過請多注意自己的身體狀況，因為這是你第一次嘗試大量人數的死視吧。」

新恒警部依然是一位應對得體的大人物。尤其是在剛和曲矢講完話之後，這種感覺就更強烈了。

「還有，如果你看到與本次案件無關的死相，關於那些人士的後續應對——我們會在能力範圍內盡量處理，希望你不用擔心。」

具體來說是打算怎麼做呢？俊一郎雖然很想追問這個關鍵問題，但還是硬生生地吞了回去。畢竟光是討論這件事，恐怕就得花上好幾個小時。而且，基本上不可能出現能令他滿意的結論。

現在只要全心思考待會兒要用死視觀察出席賓客的事情吧。

像是看透了俊一郎內心的想法，新恒在移動到祭壇所在角落後，就開口提起稍後的任務。

「關於要讓你死視的地點，有三個選項。第一個是會場入口，在那裡瞄準賓客走進來的那一瞬間。第二個是在祭壇的左側或右側，你可以在他們來祭壇上香時用死視觀看。第三個會有一點遠，就是移動到兩層樓高度的迴廊上，從那裡居高臨下俯瞰整個會場。」

新恒稍微暫停，等確定俊一郎充分理解每種狀況之後，才又開口繼續說：

「只是，不管哪個地點都有利有弊。第一個位置雖然能近距離看到出席賓客的臉，但要是一口氣湧進一大群人，就有可能會漏看。第二個位置因為是在祭壇的左側或右側，所以另一側的人可能會看不太到。第三個位置雖然能夠俯瞰整體，但是難以將每個人區隔開來，可能會對死視造成妨礙。當然這只是我擅自推測的利弊。請弦矢在實際看過會場，並於腦中想像為數眾多的人群進場模樣後，挑出你覺得最合適的地點。就算不是那三個之中也沒關係。」

耳朵聽著警部說明，俊一郎同時仔細觀察那些地點。他的判斷是，為了從正面觀看到每一個人，入口附近可能是最好的選擇。問題就是在剛剛新恒所說的，整群人一起湧進來的時候。

俊一郎將自己的想法照實說出後——

「入口那邊預計要擺簽名桌，如果賓客們在長桌子另一側站成一排時，你最多可以同時用死視看幾個人呢？」

新恒立刻發問。

「簽名時只需要他們寫下自己的名字，應該花不了多少時間，這點你要考慮進去。」

「如果是在一瞬間內觀看的話，四、五人……」

「在短短幾秒鐘內，就能清楚看到這麼多人嗎？」

「應該可以判斷他們身上有沒有出現死相這點。」

「那死相的細節呢？能夠確實掌握嗎？」

可能沒辦法……俊一郎在內心感到沒把握的瞬間，新恒似乎立刻察覺他的想法，開口下了結論。

「那麼，死視的地點就設在入口吧。並請將同時排在簽名桌的人數，限制在三人以內。假扮成會場工作人員的黑搜課成員，到時會讓賓客排成三排。弦矢你就坐在簽名桌的內側，每次用死視看三個人，要是有人身上出現死相，就請你告訴在旁邊待命的曲矢刑警。曲矢會再用隱藏式麥克風，將消息傳遞給會場內的其他搜查員。這樣一來，搜查員就會將那位特定人士請到別間房間——流程就這樣定案吧。」

「要將出現死相的所有人集中在其他房間嗎？」

俊一郎發問後，新恒搖頭。

「不會，很幸運地這間都民中心有很多小房間，會讓每個人分開。」

「關於他們身上出現死相這個事實呢？」

「應該得告知本人吧。要在隱瞞這點的情況下請他們協助調查會十分困難。當然死相的說明我們會非常小心，關於這一點請你放心。」

確認俊一郎有聽懂，而且能夠接受之後，新恒朝著像是黑搜課部下的人招了手，連同簽到桌的安排也一起吩咐下去。

「讓你久等了，請往這邊走。」

接著他讓兩人進到一間小房間。立刻就有人送上茶水，不過沒等他們慢慢品嘗，新恒立刻開始說明待會兒的計畫。

「今天會有將近一百位賓客來到現場，黑搜課認為如果其中出現死相的人有三位以上，那這場聯合慰靈祭就算是成功了。因為再加上已經過世的石堂誠，還有弦矢的委託人管德代小姐，總共就有五人了。作為調查死相原因的線索，我認為這個人數算是足夠了——」

「是的。」

這樣講有點難聽，但換言之他們就是樣本。像這次這種案件，樣本數目越多，越早解決的可能性就越高，這點是不爭的事實。

「就算今天就得到令人滿意的結果，明天還是會依照預定繼續舉行聯合慰靈祭。至於這兩天沒有出席的人，到時候就要麻煩弦矢跟我們一起去他們的公司或住家，當場用死視觀察。」

「我明白了。」

俊一郎毫無猶豫地回答，新恒輕輕點頭致謝。

「那段期間，搜查員們會針對出現死相的人進行周邊調查，同時也會尋找死相出現的原因，不過這也需要弦矢你的協助——應該說，這是你的專業，所以到時候要麻煩你多多指教。」

「哪裡……」

俊一郎略顯慌張，新恒臉上浮現笑容說：

「藉著至今那些成功解決的案件，我已經很清楚你相當有實力。就連六蠱案件時也是受到你大力相助呢。這次可是大案子，你會感到不安這我能理解，不過沒問題的，基本上的進行方式應該與至今的案件都相同，你要對自己有自信。」

「……嗯、好。」

在結束幾項其他細部討論之後，新恒就走出那間小房間確認會場的狀況。

「哇塞，真不愧是新恒。果然警視廳的菁英分子就是不同反響。」

新恒前腳才走，曲矢立刻半是嘲諷半是佩服地說。

「被那樣一說，不管是多麼厭惡人類、本性陰沉的藺居族小鬼，也不得不乖乖聽從警部的指示呢。」

「沒命升官的轄區刑警會願意調到黑搜課來，肯定也是中了同一招吧。」

「你這混帳。」

結果直到黑搜課搜查員來叫人為止，兩個人都淨講這種沒營養的對話，不過俊一郎因此能稍微放鬆心情。無論新恒警部講了什麼漂亮話，大概都沒有和曲矢之間的垃圾話來得有效吧。當然，這一點俊一郎是絕對不會告訴他的。

設置在入口處的簽名桌，已經有三位搜查員站在那了。曲矢和俊一郎在他們身後的二腳椅上坐定後，搜查員們為了避免待會兒擋住他們看見賓客正面的視線，調整了自己站立的位置。從他們原本應是接待並請來客簽名這個任務來看，就會發現三人各自站的位置明顯十分奇怪。但是，現在只能將就一下了。

「準備好了嗎？」

最後確認過俊一郎的情況後，新恒就下令打開正面大門。

「拜託囉。」

聽到曲矢像是祈禱般的話語，俊一郎連回應的時間都沒有，馬上就有賓客開始在簽名桌排起隊來，他立刻開始用死視觀察。

直到開始前他的內心都充滿不安，前一刻更是緊張到了極點。然而，一旦開始後，俊一郎就將全副精力都放在用死視觀察簽名桌前不停地三個人三個人輪番交替的賓客們。完全沒有餘力不安或緊張。他一個人都沒有看漏，將那雙特殊的視線朝向川流不息的賓客們投去。俊一郎全心全意地集中精神在這個行為上。

即使如此，看到第一個不祥死相出現時，他還是不禁愣住了。明明他就是為了尋找眼前這副景象才來死視的，可一旦和管德代身上相同的死相出現在一位約莫三十五歲，穿著休閒服飾的男性身上時，他當下還是措手不及，無法做出任何反應。明明必須立刻通知曲矢才行，但身體卻連動都動不了，喉嚨也發不出聲音，簡直是一籌莫展了。再這樣下去，那個出現死相的人就會簽到完，又立刻混進大群出席賓客之中消失蹤跡了。

在事情變成那樣前，我得早點告訴曲矢……

但是，他內心越是焦急，身體就越是不聽使喚，俊一郎全身冒冷汗。

「右邊、中間、還是左邊？」

此時，傳來曲矢刻意壓低的聲音。

「……左。」

俊一郎好不容易才吐出一個字，曲矢就立刻將正要離開簽名桌那位目標男性的外貌身材，透過隱藏式麥克風轉達給搜查員。簡直就是千鈞一髮。

曲矢似乎瞬間捕捉到俊一郎的變化，立刻從旁支援。這男人雖然平常淨講些讓人想揍他的話，但不愧是黑搜課的一員。俊一郎對這位刑警大為刮目相看，不過就算嘴巴裂了，俊一郎也不會把這件事告訴他。

還好這個情況只出現在第一位。第二位是穿著西裝、年紀約三十五歲的女性，俊一郎順利將資訊傳達給曲矢。不過第三位出現死相的男性，年紀約莫三十前後，體格明明十分健壯，不知為何整個人看起來卻死氣沉沉的。俊一郎告知曲矢出現死相的對象後，下一瞬間刑警回他的話讓他大吃一驚。

「喂，這個人就是出口秋生。」

作為無邊館案件的第一位被害者，幸運逃過死劫的人物，好不容易才撿回一跳命，現在身上又出現死相。這是代表無論情況怎麼變動，他都命中注定陽壽已盡嗎？

不過，雖然這樣說對當事者有些抱歉，但出口的死相可說是一條新線索。因為如果將四月發生的連續殺人當作第一輪無邊館案件；由石堂誠過世揭開序幕，即將展開的連續離奇死亡稱作第二輪無邊館案件，那麼出口秋生的死相，就能說是連結了這兩輪的現象。

不過，為什麼是他呢？

連思考理由的空檔都沒有，俊一郎又忙著用死視觀察下一批人。發現第四個人時，他再度大吃一驚。事後回頭去想，會發現這個人的確是極有可能出現死相的對象。因為他的立場在某種意義上來看，就算身上出現死相也毫不奇怪。不過，之前在思考上似乎一直存在盲點。

第四個人就是恐怖電影導演佐官甲子郎。因為他是本次聯合慰靈祭名義上的主辦人，所以早就在會場了，只是沒人料到他居然會來簽名桌排隊，因此著實嚇了一跳。

難道，佐官本來應該在第一輪的無邊館案件時就被殺害嗎？

俊一郎腦海中閃過這個念頭，不過又立刻推翻自己的假設。因為作為凶器的五骨之刃，在第一輪案件中全都使用過了。

換句話說，佐官只是單純被選中成為第二輪案件的被害者罷了。

差一點就要過度陷入自己的思緒之中了，俊一郎慌忙對大腦喊停。還有賓客在排隊，直到看完所有人之前，都不能鬆懈。

將視線移至剛走到簽名桌右邊的賓客，打算繼續用死視觀察時，俊一郎又第三度大吃一驚。

因為站在那裡的人正是，和峰岸柚璃亞等人一起去無邊館探險，長谷川要人的朋友——湯淺博之。

十 第二輪無邊館案件

在聯合慰靈祭的第一天中出現死相的，總共有四個人。在近百位出席賓客中，有四人身上出現死相，這個數字究竟算多還少，誰也無從判斷。只是，其組成讓人覺得其中大有玄機。

第一個人是鈴木健兒，是在第一輪無邊館案件中遇害的恐怖小說家宵之宮累的同伴。正確來說，當天是鈴木帶宵之宮入場的，不過兩人關係有點複雜，中間又夾著他的姊姊井東佐江；和與她住在同一棟公寓大廈又隸屬於同一個排球隊，旭書房的編輯茶木笙子。而且那位茶木笙子身上也出現了死相，換句話說，她就是今天的第二個人。

接著第三個人是第一輪無邊館案件的第一個被害者出口秋生；第四個人則是恐怖電影導演佐官甲子郎。

「這個結果讓人很難認為第二輪無邊館案件被害者的挑選條件和第一輪案件無關呢。」

在瀏覽過手上的資料後，新恒率先發表意見。

聯合慰靈祭的第一天順利結束之後，當天傍晚，新恒警部、曲矢刑警和弦矢俊一郎三個人在都民中心的小會議室集合。

老實說，俊一郎已經精疲力竭。用死視觀察時絲毫不覺疲累，不過一旦任務結束，疲憊感便席捲而來，化作輕微頭痛、眼睛痠澀和輕度肩頸僵硬這些症狀出現。上次造成這麼劇烈的身體負擔，究竟是多久前的事了呀？

不過，現在還不能休息。如同新恒事前所料，真的找到出現死相的人物了。為了拯救這四個人的性命，必須盡早查明原因才行。

「第二輪案件的第一位犧牲者石堂誠，是佐官導演大學時代的朋友，因此也可說和第一輪案件有關連。」

新恒接著說。而俊一郎勉強開口回：

「可是，第一輪案件的相關人士，都絕對和佐官甲子郎有關，從這個角度去想沒有意義……」

「原來如此。」

「而且管德代無論和誰都不相關。」

「要說不相關，宵之宮累、茶木笙子、井東佐江和鈴木健兒這四個人也可以說是沒什麼關係。要是去掉與第一輪案件完全沒有關係的井東佐江，那麼宵之宮累和茶木笙子兩個人，與鈴木健兒之間的連結，就會徹底斷掉喔。」

這時，俊一郎將他坐車來都民中心路上思考的幾個疑問提出來。

「第一輪案件是隨機殺人，而第二輪案件的被害者是依據某種基準挑選出來的嗎？」

新恒似乎能接受這個想法，不過曲矢就不同了。

「可是呀，就算這樣，也不能說第一輪案件和第二輪案件挑選被害者這點完全無關吧？」

「你的意思是說，雖然沒什麼相關性，但既然的確相關，就更該著眼在這個事實上嗎？」

因為新恒代替俊一郎反問，所以曲矢拘謹地回答「是的」，態度一點都不像平常的他。

「不過，既然那個連結十分渺小，搞不好在第二輪案件被害者外的人之間也能發現不是嗎？」

聽了俊一郎的發言，曲矢點點頭說：

「不管是搜查本部還是黑搜課的見解都是，第一輪案件是隨機連續殺人。但第二輪案件的可能被害者們似乎並非如此，所有人是在某種基準下挑選出來的。但是呀，一開始明明是隨機殺人，後來的被害者之間卻有關連，這不是也很奇怪嗎？所以應該可以推測那個基準隱藏在第一輪案件中吧？」

「你是指，黑術師和恐怖殺人魔之所以要發動第二輪殺人，是因為之前的殺人計畫失敗了，也就是說，他們打算要雪恥嗎？」

俊一郎詢問新恒和曲矢兩人，警部立刻回答。

「石堂誠這位第一輪案件相關人士離奇死亡，今天又從無邊館開幕派對相關人士之中找到四位可能的被害者，從這個情況來看，這個可能性相當高。假設第二輪案件是為了雪恥，那麼就像曲矢刑警所說，搞不好有什麼從第一輪案件中延續至今的關連。」

曲矢聽了新恒的回答後似乎心情大好，轉頭向俊一郎提出相當直接的疑問：

「不過為什麼凶手會從隨機殺人這種方式，改為事先挑選被害者的方式呢？」

「有一個可能原因是，第一輪案件中，只要能順利潛入無邊館，接下來眼前就有大把對象可以隨意挑來下手；不過第二輪案件中，如果不先選好被害者，就會不知道要去哪裡殺哪個人才好。」

「他雖然很瘋狂，殺人意志倒是十分堅定是嗎？」

「就算事先挑選，當然也可以隨機選擇就好。可是如果殺誰都好，反而會很難決定目標。人類出乎意料地具備這種天性。所以他決定要設下某種挑選基準，這樣想還算說得通。只是——」

「怎樣？」

「如果是要為第一輪案件雪恥，那麼第二輪案件的被害者不也應該要是五個人嗎？」

「今天的四人，再加上石堂誠和管德代……六人了呀。」

「也可以解釋成，因為這次已經不用五骨之刃，所以不管殺幾個人都沒差。但這樣就不算是雪恥了……」

「會不會是把出口秋生看作第一輪案件的被害者了呢？」

「的確這樣一來，無論哪次案件的被害者都是五個人……不過，出口活下來了。在第二輪案件中恐怖殺人魔必須下手的對象，仍舊是六個人。」

曲矢稍微沉默了幾秒，才又開口：

「不管怎樣，問題是選定被害者的基準。只要找不到這個關鍵，就無法拯救那些可能的被害者。既然如此，其他事不需要考慮太多吧？」

「這樣說也是沒錯，不過……」

完全不列入考慮也不是好辦法吧？俊一郎在心裡暗忖。這時新恒臉上突兀地浮現笑容說：

「協助挑選可能被害者的，就是愛染老師識破的那個黑術師設置在無邊館的咒術裝置。我好久沒有見識到你外婆的本領了，她真是越老越——啊，這話有點失禮。她的能力益發精進，讓我打從心底感到佩服。」

「……謝、謝謝。」

俊一郎一面在心裡嘀咕為什麼自己得要道謝呀，一邊立刻低頭致意。

他這時才想起來，警部也是外婆的粉絲。

到底為什麼警方高層會這麼看中外婆呀？俊一郎再度感到不可思議。

「總之，目前最重要的是保護第二輪案件可能被害者的性命。」

新恒變回嚴肅的神色，率先下了結論。

「然後今天發現死相的這四人，還有石堂誠和管德代，要找出這六個人的共通點。另一方面，再加上第一輪案件遇害的四人，調查這十個人之間有沒有什麼共通的地方——從這兩個方向進行搜查。不過後面那個搜查方向頂多就是以防萬一，黑搜課的看法是，能找到共通點的應該是前面那六人。」

此刻新恒將目光移到俊一郎身上，後者同意地點頭。

「你認為……只要能弄清楚死相出現者的共通之處，就至少能拯救第二輪案件的可能被害者嗎？」

新恒拋來直指核心的問題。

「……或許吧。」

「搞什麼呀，有夠不可靠耶。」

俊一郎對於曲矢不滿的語氣感到惱怒的同時，心裡也浮現一種非常羞愧的感覺。打著死相學偵探名號的專業人士，不應該回答「或許」這種模稜兩可的答案。他應該是強烈地感受到這點吧。

「只是，搞不好……」

「怎麼樣？」

不過新恒的態度依舊非常親和。

「光是找到共通點，還是不曉得為什麼那些人身上會出現死相的可能性……」

「也是存在嗎？這樣的話，能拯救那些可能的被害者嗎？」

「……可能無法。」

「那個共通點是從何而來的呢？為了真正解決這起案件，必須要連這個問題都解開才行是吧？」

俊一郎點點頭，訥訥地說：

「因此，關於五骨之刃和無邊館的咒術裝置，需要更……」

「清楚的細部資訊。」

順著接下去講完的新恒，又說出令人意外的事。

「關於這兩點，愛染老師已經獨自在調查了。」

「是這樣嗎？」

俊一郎很驚訝。

「只是老師一開始就說過，關於無邊館的咒術裝置，除了當場獲知那是搜尋無邊館對第一輪案件記憶的裝置以外，可能無法再得到新的資訊吧。」

「也就是說，關於五骨之刃，還有可能調查出新的情報嗎？可是，最重要的情報來源，那個老爺爺已經——」

「你是說奈良的鄉土歷史學家閇美山犹國嗎？聽說大概十年前就已經失蹤了。不過聽說愛染老師獲得了他留下的數量相當龐大關於中國咒術的原稿還有部分藏書。」

外婆似乎是認領了那個老人的遺物。是因為有多年以來的老交情呢？還是擅自據為己有呢？俊一郎決定不去追究這個問題。

「明天愛染老師就會跟我連絡，搞不好對於第二輪案件的看法，又會因為調查結果而翻轉。」

新恒解釋完畢後，開始說明隔天的情況。

俊一郎的任務和今天相同，不過需要死視的人數大約在二十人上下，負擔應該比今天小得多。不過問題是，其中會不會有出現死相的人……就算是人數較少，也不能保證不會有死相出現。將近百人中找到了四個人，按照這個比例，二十人左右中會有一個。

接下來，三人繼續針對第二輪案件的被害者反覆進行討論。不過，新恒似乎認為繼續討論下去也不會有所進展了吧。

「明天也要麻煩大家了。」

他點個頭暗示今天就到此為止，所以俊一郎就將他一直放在心上，看到湯淺博之的這件事說出來。

「你幹嘛不早點講？」

預料之中，曲矢語氣激動地質問。

「因為他身上沒出現死相呀。」

「這跟那有什麼關係？有可疑人士出現，理所當然要告訴我吧。」

「你之前又沒有先跟我這樣講。」

「你這個人呀，這種時候就要臨機應變，這樣才是大人的做事方式吧？」

「我可不想被你這種看起來最不會臨機應變的公務員講這種話。」

「你這個混帳。」

「好了好了，到此為止——」

笑看兩人鬥嘴的新恒，乾脆地開口講公道話。

「我們委託弦矢的，確實只有請他找出身上出現死相的人。」

「但是警部——」

曲矢正要反駁，但新恒伸出一隻手制止他。

「我也了解曲矢刑警的想法，不過死視的辛苦程度或許遠超過我們的想像。搞不好弦矢光是用死視看過近百位賓客就已經用盡全力了，即使認出湯淺博之，也完全沒有餘力可以通知你吧？」

俊一郎沉默地點點頭，曲矢尷尬地轉頭看向別的地方。

「關於湯淺博之，黑搜課會好好調查。所以請弦矢繼續進行身為死相學偵探的工作，尋找第二輪案件被害者身上出現死相的原因。在我們委託你之前，你就已經有管德代這個委託人了，所以我這樣說或許有點奇怪。」

「不會，我會想辦法找出原因的。」

俊一郎像是在對自己承諾般，肯定地答覆。

要是只有管德代一個人，她和第一輪無邊館案件之間的連接點實在太少，自己應該早就束手無策了吧。在這層意義上來說，發生了第二輪無邊館案件倒是好事……雖然俊一郎絕對沒有這樣想，但現在能將所有線索歸位，一口氣解決案件的希望，似乎逐漸浮現眼前了。

塞翁失馬，焉知非福。

俊一郎期待接下來情況的開展，能如同這句諺語一般。

再度搭上便衣警車回到神保町的偵探事務所後，俊一郎和小俊一起簡單吃過晚餐。

在忙著梳理毛髮的小俊身旁，俊一郎再度瀏覽新恒交給他的搜查資料。裡面整理了十幾位案件相關人士的資料，他先挑出石堂誠、管德代、茶木笙子、鈴木健兒、出口秋生和佐官甲子郎這六人的資料看熟。他昨天才剛剛告訴曲矢管德代的事，今天就已經拿到整理好的調查報告了，效率讓俊一郎大感詫異。

資料中不僅記載了每個人的個人資訊，還詳細記錄了在無邊館《恐怖的表現》展覽開幕派對中，他們去了哪間房間、和誰碰過面、聊了些什麼、看到什麼聽到什麼這些細節。就連以這場派對為主軸而整理出的交友情況，也都調查得一清二楚，讓俊一郎由衷感到佩服。在他分別從這幾個人身上看見死相的短短幾個小時內，黑搜課的搜查員就能將身家資料匯整到這個地步，可見得他們的搜查能力有多驚人。

不過隨著時間經過，俊一郎內心越來越焦躁。無論他怎麼比對六個人的資料，都完全找不著共通點。傍晚在都民中心和新恒他們討論時，他還深信只要有時間一個人靜下來思索，一定能發現什麼疑點。結果，似乎是他想得太天真了。

即使再加上第一輪案件的被害者宵之宮累、福村大介、矢竹瑪麗亞和佐官奈那子這四個人的資料一起對照，結果仍是相同。越看下去只是越覺得所有人根本就毫無關連，俊一郎不禁仰天長歎。

肯定有所關連的六個人，還有搞不好有所關連的四個人，明明這些人的資料都整理好攤在眼前了，卻完全找不出任何頭緒……

那天晚上，俊一郎悶悶不樂地躺在床上。他心裡雖然清楚為了明天，今晚必須好好睡覺養精蓄銳，但腦中總是不自覺地想著這些人的死相。等到終於能入眠時，天都已經快要亮了。

星期天早上，他醒來時已經超過十點，即使如此，他也只睡了五個小時左右。他揉揉惺忪睡眼，打開寢室房門，迎接他的是小俊頻頻抗議的叫聲。牠似乎早上有來討飼料吃，但俊一郎卻睡死了沒聽見。

「……不好意思，我現在馬上弄喔。」

為了表達歉意，俊一郎挑了高級貓罐頭用開罐器打開，小俊趁機主張今後應該要一起睡在寢室。

過去住在杏羅的外婆家時，一人一貓都是睡在同一張床鋪上，不過來到東京後就改變了。因為俊一郎下了個悲壯的決定，為了脫離外公外婆的保護獨立，和小俊也必須保持一點距離。被外公外婆領養的俊一郎，幾乎可說是打小和小俊一起長大。因此，他對小俊的依賴程度遠比對外公外婆還高。為了在各種層面上獨當一面，除了離開外公外婆身邊，更重要的是也必須從小俊身邊獨立。

「昨天我確實是太累了，我知道你擔心我，不過暫時還是維持現狀吧。」

小俊雖然的確有一半是在擔心俊一郎，但剩下一半肯定只是考慮到自己的方便。一起睡的話，牠可以隨時來討吃的，隨時來撒嬌討摸，還能把俊一郎的手臂當成枕頭，或是自由地躺在他的胸膛或肚子上。俊一郎都能清楚看見這些玫瑰色的甜蜜畫面了。

是說小俊現在已經把方才的主張拋諸腦後，一心一意享用著飼料盆裡的食物。俊一郎一邊覺得好笑地望著這個畫面，一邊著手準備自己的早餐。

吃完早餐後，他為自己泡了咖啡，看了報紙，接著又開始閱讀搜查資料，不知不覺就中午了。可是，仍舊沒有任何進展。他去外頭吃過午餐，又再度埋頭研究搜查資料，沒過多久曲矢就來接牠了。

「有發現什麼嗎？」

「沒有，你呢？」

曲矢搖搖頭。直到抵達位於新宿的都民中心前，兩人幾乎沒再交談。

聯合慰靈祭第二天，俊一郎和昨天相同，與曲矢左右並列坐在簽名桌稍遠後方。原本需要死視的應該只有二十人左右，但參加賓客卻超過四十位。因為又加入了和出現死相的四個人相關，也能稱為案件相關人的幾個人，另外，也有不少人連著兩天前來致意。

相關人士中有管德代、峰岸柚璃亞，還有湯淺博之。管德代是在昨天傍晚和新恒討論之後，決定由俊一郎通知她今天有慰靈祭。老實說，讓她和第二輪案件的其他被害者碰面是否妥當，實在是很難判斷。不過她的確隸屬於那群人之中這點也是事實，硬把她一個人撇在外頭也不太對。在這點上，俊一郎和新恒的看法一致。而峰岸柚璃亞會偕同前來，肯定是管德代找的吧。

順帶一提，已經曉得湯淺博之是佐官甲子郎後援會的會員了。當初《恐怖的表現》展覽曾從中抽選三名會員，招待他們參加開幕派對。聽說他當初之所以隱瞞柚璃亞她們這件事，是為了在無邊館探險中講述派對細節嚇嚇兩個女生，順便炫耀一番。可是無邊館內飄盪的那股極為詭異的氣氛讓他嚇壞了，而且柚璃亞對案件的了解遠超過他的想像，因此根本沒有發揮的餘地。以上是黑搜課在訊問過程中得知的情報。

這些前因後果，柚璃亞她們當然不曉得，因此上演了發現湯淺博之的兩人——應該說是柚璃亞——逼問他為什麼會出現在此地，而湯淺博之吞吞吐吐無法回答的一幕。

其他還有身上出現死相的關東特殊造型的鈴木健兒的姊姊井東佐江、開幕派對當天與勉強撿回一條命現在卻又出現死相的出口秋生一起待命的金丸運輸員工大橋明，還有第二輪案件中第一位被害者石堂誠的妹妹石堂葉月等。

雖然也有俊一郎初次看到的新面孔，不過新恒還是確實準備好所有人的搜查資料。真不愧是警部。

至於最要緊的死相，則是完全沒有出現。每當有人讓俊一郎「啊……」地在內心發出驚呼，仔細一看都是昨天那四人的其中一位。結果，第二次用死視看過那四人，意外地再度確認了死相的存在，但幸好其他所有來賓都沒有問題。

「昨天和今天都沒有來的相關人士，似乎只有三個人喔。」

從確認兩日出席名單的黑搜課搜查員口中獲知這個情報的曲矢，輕輕地跟俊一郎咬耳朵。

「放心吧。三個人都住在東京二十三區內。」

要是有人沒有來參加聯合慰靈祭，俊一郎他們就必須主動出擊去找對方。雖然只是為了用死視觀看，確認對方身上有無死相，但如果沒出席的人分散在其他縣市，光是來回車程就不曉得要花上多少時間。第二輪的無邊館案件都已經展開了，新恒擔心讓俊一郎離開東京搞不好會出狀況。不過，也不能就放著那些沒出席的人不管，實在是令人相當苦惱的案件。不過，現在沒出席的不僅只有三個人，而且三人都住在東京二十三區內，真是幫了大忙。

「已經有搜查員去找那三個人了。總是必須在你去之前，先把他們三人活動的場域弄得一清二楚。見過那三人之後，最後就是還待在醫院裡的佐官美羽。」

「佐官導演的女兒嗎？」

「嗯，只要再用死視看過她，就看過所有參加派對的人了。」

這時新恒警部走了過來。

「這裡已經可以了吧。接著來談關於未出席者的——」

他話講到一半時，有一位男性姍姍來遲。年紀約莫是四十歲後半吧。那副與西裝完美融合的身影，在俊一郎眼裡看來簡直像是一位政治家。不過，在清楚顯現的死相前面，這一切都毫無意義。

「這個人……」

俊一郎的目光追著簽名完的那位男性的背影移動，他口中喃喃吐出這三個字——

「看、看到了嗎？」

曲矢慌忙出聲確認，俊一郎立刻點點頭。新恒馬上向搜查員使眼色，就將視線落到手上的名簿上。

「那位先生應該是剩下三人中，在金融廳工作的大林脩三吧？」

「那種公務員為什麼會出現在這裡？」

對於曲矢的疑問，新恒說出了出乎意料的回答。

「這位大林先生和湯淺博之相同，都是佐官甲子郎後援會的一員，也是抽中名額參加了派對。」

「金融廳的公務員居然……是佐官的粉絲？」

「這是個人興趣的問題嘛。」

「我們這邊知道他為什麼昨天沒有來嗎？」

「聽說是因為他每個星期六下午都會去游泳俱樂部，他好像從學生時代就是游泳選手，也曾經參加過全國大賽。」

俊一郎開口插入兩人對話。

「金融廳是什麼？」

「你呀，拜託你有點常識好嗎？」

曲矢傻眼之餘，還是向他解釋——

「是相對於民間的金融機關，為了確保市場的公正透明，負責檢查、監督的行政機關之一。」

新恒接下去解釋：

「金融廳有總務企畫局、檢查局、監督局、管理證券交易等的監視委員會、公認會計師監察審查會等組織，而大林脩三是監督局的員工。」

「那樣一板一眼的人居然是恐怖電影導演的粉絲……該不會是因為自己在監督局工作，所以才因此喜歡電影導演（註9）吧？」

「誰知道呢？就算電影導演也是有千百種。會成為佐官甲子郎導演的粉絲，應該是原本就喜歡這方面的電影吧？」

即使面對曲矢語帶嘲諷的發言，新恒依然認真回應。乍看之下兩人十分不同調，不過出乎意料地合拍，可能也正是因此才能和睦相處。

搜尋大林脩三的身影，發現他正站在祭壇前面，低著頭雙手合掌致意。他的斜後方，站著

註9：「電影導演」的日文是「映画監督」，和「監督局」同樣都有「監督」這兩個字，所以曲矢才會拿這點作文章。

一位像是黑搜課搜查員的男性，應該是在等大林燒香結束吧？接下來就是出聲叫住他，請他移駕到小房間，對他說明死相的事。講起來很簡單，但其實是相當艱難的任務。

幸好至今的四個人，似乎都對降臨在自己身上的災厄表示理解。這個人會怎麼反應呢？雖然不應該從職業來判斷一個人，但實在很難想像他會輕易接受。不過，雖然說黑搜課是官方名義上不存在的部門，但是跟他談話的人可是隸屬於警視廳。同樣身為國家公務員的人說的話，搞不好他會願意聽。

這樣就是第七個人了……

第二輪案件的被害者人數持續攀升，一想到這點，俊一郎不禁打了個寒顫。

如果是想要替使用五骨之刃的第一次案件雪恥，那麼預計要殺害的被害者人數也必須是五人。原本因為出口秋生同時出現在這兩起案件中，只要把他算在第一次案件裡，那麼兩次的被害者人數就都還是五人，數字上勉強還能說吻合。但現在新出現了大林脩三這個顯現出死相的人物，這個解釋就說不通了。

恐怖殺人魔究竟打算做什麼呢？

在凶手背後操縱全局的黑術師，有什麼計畫呢？

俊一郎差點就要當場抱頭苦思了，突然祭壇方向發生一陣騷動。俊一郎轉頭一看，原本應該在燒香的大林脩三無預警地突然發狂大鬧。

不對。那……

簡直像是遭到什麼看不見的東西襲擊一般。狂亂揮舞著雙手、不停迴轉身體，想要從那個東西的攻擊下逃開。看起來像是這樣，可是，似乎完全是白費工夫。

「啊！痛、好痛……住手……唔唔……」

他時而後仰，時而扭曲身體，一邊不停發出如同臨終前的慘叫。

「壓住他！」

接到新恒的命令，好幾位黑搜課搜查員立刻向前抓住大林的手臂與肩膀，不過下一秒就立刻被彈飛出去。

俊一郎下意識地要衝過去，但曲矢馬上制止他。

「住手，太危險！」

「但是——」

「就算你去也沒有用。」

「可是——」

「我跟在你旁邊，就不可能眼睜睜看著你去送死。」

曲矢在擔心自己……一領悟這點，俊一郎就決定聽從刑警的忠告。

大林脩三突然開始的奇異死亡亂舞，因為他碰地一聲轟然倒地而劃下句點。那副光景，正展現了他失去性命的瞬間，會場內所有人都忍不住倒抽一口氣。

……現場暫時安靜了幾秒，接著淒厲的女性尖叫聲響徹整個空間，聯合慰靈祭的會場一口氣陷入失序混亂的狀態。

十一　病房裡的少女

新恒警部立刻冷靜指示黑搜課的搜查員，將無邊館案件的相關人士帶至小房間，並請其他人聚集在會場一角。同時間，新恒確認大林脩三已經死亡後，就掏出手機打了一通電話，請鑑識課的同仁過來一趟。

「剛剛那個是黑術師……」

用咒術殺人嗎？曲矢問題講到一半就講不下去，他身為刑警的內心還是有所抗拒吧？

「我認為剛剛大林脩三身上發生的事，肯定就是石堂誠之前遇到的。」

俊一郎回他這句話後，曲矢一臉苦澀地說：

「這樣一來就證明了第二輪無邊館案件不僅僅是空想，而是眼前不爭的事實了。」

「你還在懷疑呀？明明都看到那麼多個死相了？」

俊一郎詫異地問。

「刑警的工作就是隨時保持懷疑吧。」

曲矢語氣不悅地嗆回來。似乎沒有一個人實際死去，就仍難以將這當成一起案件。就連對死相學偵探知之甚詳的曲矢都不免如此，一般人投向俊一郎的視線總是充滿偏見或許也是理所當然的。

鑑識課的人不久後就抵達現場，開始蒐集證據。不過實在難以想像他們會有所收穫。就像是要佐證這個想法似地，遺體很快就被搬運出去。

曲矢被新恒叫過去講話，回來之後就將俊一郎帶離都民中心，這是為了要盡早用死視觀察剩下的兩個人和佐官美羽。

根據搜查員預先進行調查後回傳的消息，剩下兩人都可輕易在他們各自的工作場所堵到人。但並沒有讓他們與俊一郎實際碰到面，搜查員在向目標對象——第一位是男性，第二位是女性——問話時，俊一郎就藏身在附近，趁隙用死視觀察他們，結果兩人都沒有出現死相。就算將便衣警車的移動時間算進去，大概也只花了一個小時就結束了。

問題是那個正在住院的小女孩。

警車繼續開往位於水道橋的萬壽會醫院，坐在車內的俊一郎仔細尋思。

就算佐官美羽的會面時間遭到限制，既然是警方提出的要求，醫院那邊應該也不會太過為難吧。而且對方如果曉得他們只是要見少女一眼，想必就更沒有問題。不管時間再短，對於死視都沒有影響，只要能從正面看到她，就能馬上判斷是否有出現死相。

但是，光是這樣沒有意義。

俊一郎心想，可以的話，我想和佐官美羽談談。在第一次的無邊館案件中，有直接面對過恐怖殺人魔的，就只有出口秋生和佐官美羽這兩個人而已。

不過出口受了瀕死重傷，差點就要命喪黃泉，這場驚嚇讓他幾乎喪失所有遇襲當時的記憶。他好不容易才想起來，凶手講過的那幾個字應該是佐官導演執導作品的片名，不過就連這點其實也並非十分確定。換句話說，作為案件目擊者，他完全派不上用場。

這樣一來，難免會將期待都放在剩下的佐官美羽身上。不過她才四歲，不僅媽媽在自己眼前遭到殘忍殺害，又長期昏迷不醒。照一般情況來看，同樣身為目擊者，她搞不好比出口更問不出個所以然。但正因為是經歷那種恐怖遭遇的小朋友，所以才更會有什麼畫面深深烙印在心上吧……俊一郎強烈地有這種預感。

為什麼會有這種感覺呢？

感覺簡直像是自己的事情一樣。內在有個聲音充滿信心地說，事情肯定是這樣沒錯。

簡直就像是從自身經驗……

外公外婆領養他之前，年幼的俊一郎曾經經歷了某件事。那段遭他深深封印在內心深處的禁忌記憶——隨著逐漸成長，他開始無意識地碰觸到內心的那塊禁地嗎？

搞不好佐官美羽也一樣……

他突然發現內心深處，自己正如此希望著。俊一郎愣住了。

「怎麼啦？累囉？」

曲矢從旁仔細觀察他的表情，他慌忙搖搖頭。刑警語氣放輕，像是要鼓勵他似地說：

「能見到佐官美羽的時間只有五分鐘，不過要死視這樣就很夠了吧。看完她後就看完所有人了，你就再撐一下吧。」

「那個小朋友……」

俊一郎遲疑地開口，曲矢的臉上寫滿問號。

「可以跟她談談嗎？」

「什麼？你嗎？」

曲矢驚訝地露出苦笑，然而俊一郎的表情卻十分嚴肅。

「既然已經無法再期待出口秋生提供新資訊，如果能從那個小朋友口中問出新情報，對搜查不是也有幫助嗎？」

「話是這樣說沒錯。可是搜查總部早就試過了啦。當然不是一臉凶神惡煞的刑警去問話，而是少年隊裡溫柔美麗的女警循循善誘。唉喔，要是叫她們女警，大概會被抱怨是歧視女性吧，現在是要叫女性警官呢。」

曲矢一如往常語帶嘲諷地講完，又突然正色說：

「不管是女警也好，女性警官也好，她們都是專業的，還是沒辦法讓那個小朋友吐出——

不，沒能讓她講話喔。你這個外行的偵探小鬼能做什麼？不不，你到現在個性都還是很害羞，應該比一般外行人都不如吧。還是說，你對跟小朋友相處特別在行？」

「沒。」

俊一郎立刻否定，曲矢聽了就大大嘆一口氣。

「這樣不是白費力氣而已嗎？」

「可能是。不過既然有五分鐘，我想試一下。」

「你這個人呀——」

曲矢正要發牢騷時，又突然住口，只是靜靜地盯著俊一郎的臉。

「好好，我知道了。反正要用死視觀察佐官美羽的是你，也替你準備好五分鐘了，這倒是確定的。要怎麼運用那五分鐘都隨便你。」

曲矢刻意裝出輕鬆的語氣，不過他似乎從俊一郎的表情中察覺到了什麼。

其實，俊一郎有一個祕密武器。可是，那是個非常不確定的祕密武器。至今數度俊一郎在和他人溝通遇到障礙時，那個小東西幫了他好幾次，不過也並非每次都會現身。因此要完全仰賴這個祕密武器，風險相當高，但俊一郎現在也只能賭上一把了。

「那個五分鐘，不能再延長一點嗎？」

「我說你呀——」

「就連專業人士都失敗了吧？那麼比外行人還不如的偵探小子當然希望能盡量有多一點時間。」

就算能獲得那個祕密武器的幫助，五分鐘還是太短了。要是祕密武器真的現身，那就是向佐官美羽問話的最佳機會，因此需要預備更多時間。俊一郎判斷情勢之後，再三地拜託曲矢。

「真受不了你。」

曲矢一副要罵人的表情，但他難得地忍住了。不過一直到抵達醫院為止，他都臭著一張臉，一句話也沒說。

可是，一到萬壽會醫院，在小兒科大樓的護理站遇見護理長後，曲矢就立刻多話起來。不，是不得不說話。因為護理長堅決不肯延長佐官美羽的會面時間。

一開始曲矢的用字遣詞也都相當得體，但過沒多久就露出本性，語調變得急促而兇惡。護理長看起來就像是個家教嚴謹的年長女性，她的態度也漸趨強硬。這樣一來，曲矢講話的語氣自然就越來越差——完全陷入一種惡性循環。

原本俊一郎應該趕快介入，居中當和事佬，但他自然是做不來。對他來說，這實在太過困難了。

這樣下去，搞不好連五分鐘的會面時間都會被取消。

俊一郎內心十分著急，而身旁的曲矢和護理長依然針鋒相對地進行無意義的唇槍舌戰。

「你這個人，那種講話方式是怎樣？你也算是個公務員吧。」

「什麼叫作算是呀，我就是貨真價實的堂堂公務員。」

「那你講話應該要更有禮貌吧。你那是用來對待為了服務善良的一般市民，為了照顧社會大眾而在醫院工作的護理師的態度嗎？」

「為了社會大眾工作這點，警察也一樣呀。我們要和那個小朋友會面，也是為了要保護善良的一般市民啦。都是因為妳完全不能講理，我才會越說越難聽，理所當然的吧。」

「哎呀，你現在是打算把問題推到我頭上嗎？總之，守護患者身心健康是我們的使命。身懷如此崇高的使命，即使面對國家權力的象徵，我們也絕對不會屈服。」

「──受不了耶，真是一個有夠誇張的歐巴桑。」

「誰、誰、誰是歐巴桑！」

完了，這下一切都毀了。俊一郎灰心仰天長歎的瞬間……

「老師？您怎麼會在這裡呢？」

聽到不熟悉的稱呼方式，俊一郎回過頭去，看到山口由貴就站在走廊上。她是那位星期四下午在管德代和峰岸柚璃亞兩人來訪之前，為了感謝俊一郎用死視救她一命，帶著謝禮點心到偵探事務所來的女性。

「啊、不、那個……」

俊一郎正不知該如何回應時——

「這裡是我公公的醫院。我朋友的小孩住院，正要來看她。那麼老師是——」

山口由貴率先說明自己出現在此的理由，就將話題導向他身上，俊一郎不得不提及佐官美羽的事。

「是這樣呀。」

山口由貴似乎認識那位護理長，她在思考片刻之後，就請對方到護理站角落，小聲交談了幾句。

「可以等我一下嗎？」

拋下這句話後，她就快步離去了。

「那誰呀？」

曲矢立刻發問，不過俊一郎無法透露和本次案件無關的委託人資訊，便隨口敷衍幾句。

「算了，只要能對我們有好處，管她是誰都好啦。」

這實在不像是一個刑警該有的——但是又非常有曲矢風格——的發言。

留在原地等待的俊一郎和曲矢，沐浴在整群護理師好奇打量的視線下，簡直就是如坐針氈。不過相對於雙頰泛紅低垂著頭的俊一郎，曲矢倒像覺得新奇似地環顧護理站，態度輕浮地朝著年輕可愛的護理師們打招呼。對於他心臟的強度，不，該說是厚臉皮的程度，俊一郎已非傻眼，更多的是衷心感到佩服。

沒有等太久，內線電話就響起。接電話的護理師邊說「院長打的」邊將話筒遞給護理長。談話也很快就結束了，等回過神來護理長已經站在他眼前，一臉打量他的表情。

「院長的特別許可下來了，但是——」

她完全不給旁邊的曲矢有任何機會插嘴，立刻接下去說：

「能進去會面的只有弦矢先生，你一個人。」

「什麼？」

在曲矢開口抱怨之前，護理師繼續說下去。

「只有你一個人就沒關係，也可以給你充分的時間。不過有一個條件，我會在病房外面看著，如果我判斷不能再讓你待下去的時候，就要請你結束會面。可以嗎？」

「喂，我說——」

曲矢正想爭辯，但俊一郎像是刻意打斷他似地提出疑問。

「會面中，我們會一直受到監視嗎？」

「不會，我不會做那種事。」

護理長的回答簡單俐落，不過似乎對他的問題大感意外。為什麼會這樣問呢？她的臉上寫滿好奇，可是她體貼地沒有多問，這一點讓俊一郎鬆了一口氣。兩人朝病房移動，身後的曲矢不停地發牢騷，不過聽起來完全不像真心抱怨，他內心應該相當感謝獲得院長的破例相助吧。只是對於自己被當成多餘的人，還是忍不住感到憤憤不平吧。

護理長無視氣惱的曲矢，小聲地問俊一郎：

「由貴小姐和她肚子裡的孩子，真的是你救的？」

「……嗯。」

「怎麼救——問這個問題，會違反你的職業道德嗎？」

「……會。」

俊一郎盡量避免對不相關的人說明死相。雖然他平常總希望能有更多人具備這方面的知識，但一考慮到別人的誤解和偏見，他就不禁感到膽怯，除了委託人以外一概不說。俊一郎長期以來都為這個矛盾念頭所苦惱，不過他判斷，至少現在沒有必要在這裡談這件事。

「那我就不多問。不過，只有這點希望你能回答我。這次會面，對佐官美羽小朋友本身也有幫助吧？」

「……老實說，我不確定。不過或許能因此獲得解決某起案件的重要線索，如果案件能順利解決，她心靈上的創傷或許也能得到些許療癒——不過，只是有這個可能。」

「……這樣呀。那起案件太令人難過了呢。特別是對於美羽來說，實在是太殘酷了。」

這時，護理長停頓片刻——

「但是她爸爸卻幾乎沒有來看過她。是有看過幾次她外公和外婆來，但他們住在北海道，也沒辦法常常跑醫院，反而是經常有案件遺族來探病。」

「……」

「其實這種事情，我是不應該說的啦。」

「……不會。」

「總之——」

站在病房前，護理長直直地望著俊一郎的雙眼。

「那個孩子就拜託你了。」

邊說這句話邊低頭致意，俊一郎在回禮之後，才進入病房。留下曲矢和護理長兩個人待在外頭雖然讓他有點擔心，但現在不是在意這種事的時候。

俊一郎一踏進佐官美羽的病房，壁紙上可愛的動物插畫立刻躍入眼簾，讓他嚇了一跳。他原本的想像中，病房應該是全白而且沒有任何裝飾的空間，不過小兒科大樓果然不同。而且美羽的枕頭旁還堆著一大堆玩偶和娃娃等探病禮物，因此房內充滿溫暖平靜的氣氛……原本該是這樣的，但實際上，房內沉重陰暗、連空氣都凝滯了。

都是因為這個孩子吧……

佐官美羽坐在床上，背靠著後方牆壁。她把毯子拉到鼻子下方，只露出一雙眼睛看著外面世界。那雙透露出膽怯，卻像要穿透入侵者一般的眼神，讓俊一郎一望見那雙眼睛內心立刻隱隱作痛。

我小時候也是這種眼神吧？

光只是這樣想，他心中就湧起複雜的情緒。不過他仍然試圖平復心情，先用死視觀察。

太好了……

確定小女孩身上沒有出現死相，他打從心底鬆了一口氣。不過放鬆的表情又隨即繃緊，就連「妳好」這種招呼他都說不出口，只能像一座木偶愣愣地佇立在門前。

美羽的雙眼盈滿懷疑和恐懼，她的神情清楚地表示，俊一郎是位不速之客。

不行了……我什麼都問不出口……

才進房沒多久，他立刻被心頭湧上的絕望感淹沒。這時，腳邊突然出現熟悉的氣息，他忍不住「啊」地叫了一聲。

同時，美羽驀地從毯子下探出頭來，兩眼睜得老大，驚訝地注視著他的腳邊。

來了嗎？

俊一郎總算放下心來，望著一隻虎斑貓輕快地跑向床邊，靈巧地跳到美羽的枕邊。

「好、好可愛……」

小女孩不自覺地出聲並伸出一隻手，猶豫著是否該去摸摸貓咪。

看到她這副模樣，俊一郎終於開口說話。

「那、那隻貓……叫作小俊喵喔。」

貓咪立刻撒嬌似地喵喵叫了兩聲，簡直就像是叫牠「小俊喵」這件事讓牠十分高興似的。不過，這隻貓是否真是俊一郎認識的那隻「小俊」，這一點就連他自己也不清楚。

俊一郎作為死相學偵探持續活動的過程，就像在進行某種為了回歸一般社會的精神復健。然而有一件事他無論如何都難以習慣，總是會預先畫地自限感到棘手的，就是從相關人士口中探問情報這個任務。很多相關人士的態度都十分冷淡、從頭到尾擺副臭臉，甚至有些人根本就討厭別人，偶爾還會出現連刑警都難以應付的傢伙。要和這些對象談話，對俊一郎來說造成相當大的心理負擔。不過，探問情報是偵探工作中不可或缺的一環，他沒辦法逃避。

好幾次俊一郎在拜訪相關人士時，沒辦法順利表達自己的意思，讓情況陷入僵局。問不出有效的問題，自然也就得不到必要的回答，最後兩個人就在那裡乾瞪眼。

這種時候，不曉得從哪裡——通常是他腳邊——會出現一隻虎斑貓。那隻貓總是在轉眼之間就能消解對方內心的藩籬，協助俊一郎讓問話順利進行下去。當然，對方強烈厭惡貓咪的情況除外，不過至今還沒有遇過這種案例。如果只是有點抗拒貓咪的人，對這隻貓來說依舊是小菜一碟。

俊一郎第一次看到那隻貓時，認為牠是「小俊」，不過小俊當時應該正乖乖在事務所裡看家才對。

應該不可能……吧？

但是，不管是牠身上的虎斑花紋也好、向對方撒嬌的姿態也好、抬眼瞄過俊一郎的眼神也好，全都像極了小俊。而且這隻貓特地來幫忙他問話這個事實本身，就是最好的證據了吧。

但是那一天，俊一郎回到偵探事務所後沒能開口向小俊確認。一方面是因為小俊的模樣實在太過平常，錯失了問牠的好時機。更重要的是，要是那隻貓真的是小俊，照理說應該俊一郎一回家，牠就會跑來喵喵喵地叫個不停，誇耀自己幫了他大忙，討竹葉魚板當獎賞才對呀，故意佯裝不知情實在不像小俊會有的反應。自那時起，俊一郎一直都沒有搞清楚謎樣貓咪的真實身分。

可是……不管怎麼看都是小俊呀。

在美羽雙臂之間翻轉身子，露出雪白腹部，撒嬌要人摸牠的模樣，果然像極了小俊。

好，今天回家一定要弄個明白。

俊一郎下定決心後，立刻驚覺現在可不是想這種事的時候，不禁在內心暗自反省。小俊是為什麼才來的呀？這點我應該銘記在心。

不過，他也沒有開口向小女孩發問。這種情況中，小俊的功能就是促使對方主動開口講話。不管他說什麼，都遠遠比不上小俊的任何一個動作，更何況這次的對象是一位經歷了悲慘遭遇的小女孩，比起至今的所有關係人，都更需要俊一郎耐心地靜靜等待。

不過，等待的時間並不難熬。美羽和小俊嬉鬧的畫面，怎麼看都不會膩，反而讓人心情愉快。與其說她疼愛小俊，倒不如說一人一貓看起來是在一個對等的關係上玩耍。這副情景令人不自覺露出微笑。

「小俊喵。」

而且每次美羽喚著這個名字時，小俊的喜悅之情更是完全顯露在外。因為俊一郎平常都只叫牠「小俊」，所以牠現在更是開心得要命吧。只是，每次牠喵向俊一郎的眼神似乎總隱含著抱怨，簡直像在對他強調「懂了沒？我真正的名字是小俊喵喔」似的。

這傢伙果然是妖貓吧……

俊一郎一邊在心裡設想小俊要是聽到這句話肯定會發出抗議的怒吼，一邊安靜地在旁守望著小女孩和貓咪玩耍。

過了五分鐘左右，美羽開始頻頻將視線投往俊一郎身上，似乎終於注意到他。不過，還不到想要主動說話的程度。考量到這孩子的情況，可能需要相當長的一段時間。

俊一郎認為機不可失，將這幾分鐘內在心中擬好的臺詞說出口。

「……大、大哥哥我，是一個偵探。」

他一邊心想真是幸好曲矢沒有在旁邊，一邊繼續往下說。

「小俊喵，牠是偵探的助手。」

雖然他也擔心偵探和助手這兩個字眼對她而言會不會太困難，但是她爸爸是佐官甲子郎。果然如他所料，美羽似乎聽懂了。而且他說小俊是助手時，貓咪彷彿同意這句話似地，喵地叫了一聲，那一聲好像讓她接受了眼前所有的情況。

「我在調查的呢，是那起案件。」

該怎麼提及她媽媽慘遭殺害的無邊館殺人案件，是最大的難關，而他決定用「那起案件」帶過。只要這樣講，小女孩一定能明白。

一切順利按照他的計畫，這瞬間美羽的身體劇烈地顫動了一下。小俊立刻挨上去，伸出溫熱的舌頭來回輕舔她的手掌。小女孩將貓咪緊緊擁入懷中，不過目光還是緊緊盯在俊一郎身上。這是一個好現象。

「抓住那起案件的犯人是我的工作。當然警察也——」

他說到這的瞬間，美羽全身又顫抖了一下。看來曲矢口中那位溫柔又美麗的少年隊女性警官，並沒能打開小女孩的心，反而還讓她留下害怕的印象吧。

「——想抓到犯人，不過非常困難。所以警察就拜託名偵探大哥哥我，還有助手小俊喵一起調查那起案件。」

雖然只是為了緩和語氣，但自稱名偵探這件事並沒有原先想像的那麼令人不自在，俊一郎自己也頗感訝異。是因為對方只是一個小女孩嗎？為了不要激起她的防衛心態，俊一郎在思索過後，認為名偵探和貓助手這個設定應該是最容易讓她接受的。看樣子似乎是猜對了。

「所以我們吶，想跟美羽講講話，才會過來——」

絕對不提及具體的問題。俊一郎只是耐心等待小女孩自己開口。

「……」

但美羽只是不停地撫摸貓咪，一句話也不說。

「如果妳有想起任何事，都可以說喔。」

「……」

「想起來的時候，可以跟大哥哥或是小俊喵說嗎？」

「……」

小女孩依然保持沉默，只是不停地輕撫著貓咪。

果然還是沒辦法嗎……

看著美羽這副模樣，俊一郎忍不住感到喪氣。只是他心中仍舊認為，特地來見小女孩這件事絕對不會白費。因為他親眼見證，讓她和貓咪互動這件事帶來了超乎想像的效果。雖然似乎對於探問情報沒有幫助，但如果能因此在身心恢復上對小女孩帶來一點正面的功效，就是最值得高興的事了。

俊一郎繼續望著小女孩和貓咪玩耍的模樣，又過了五分鐘左右，他開口準備道別。

「那麼，大哥哥要先回去囉。小俊喵還可以再待一下，牠還會陪美羽一會兒喔。」

雖然不曉得實際上情況如何，但只要這樣說了，想必貓咪也會多留一陣子。搞不好一直到護理師來看看情況為止，牠都會一直陪在小女孩身邊。

「再見，要早點好起來喔。」

說完道別的話，俊一郎轉身正要朝門邊走去時。

「……那。」

美羽第一次開口。

「咦？」

俊一郎慌忙回頭，或許是他匆忙轉身的氣勢過於嚇人，原本平視前方的少女立刻低下頭。

「啊……抱、抱歉。嚇到妳了吧。」

俊一郎立刻道歉，不過為時已晚。美羽只是沉默地低垂著頭。

哎呀，完了……

俊一郎難掩沮喪地再度轉身背對小女孩。她好不容易才願意開口，結果自己把一切都搞砸了，讓貓咪白忙一場，現在哪有臉回偵探事務所見小俊。

「……那。」

這時，美羽微弱的聲音又突然響起。俊一郎拚命壓抑住想轉身的衝動，一動也不動地站在原地。

「……個。」

下一個字從身後小小聲地傳了過來。

「……門。」

第三個字輕輕地飄進耳朵後，病房就回歸於一片寂靜。小女孩似乎閉口不再說話。

……那……個……門。

美羽講的話聽起來像是這三個字。雖然想走到枕邊確認，但俊一郎勉強克制住了。

是在說某一扇門嗎？

如果不想太多，應該就是這個意思。可是，考慮到對方的年齡和精神狀態，實在有必要再次確認。

俊一郎慢慢轉過身來。

「剛剛，美羽你告訴大哥哥的『那、個、門』，是指這種可以開關的門嗎？」

他邊問邊伸手指向病房門口。

緊緊抱著貓咪的小女孩，虛弱無力地點點頭。俊一郎心底雖然感到猶豫，但還是開口繼續問：

「那是指哪裡的門呢？」

但是，美羽在剛剛點完頭後，就一直低垂著頭沒再抬起臉來。她將臉埋在貓咪蓬鬆的毛裡，抗拒似地搖搖頭。

「啊，沒關係。」

俊一郎溫柔地回應。

「謝謝妳。因為美羽的幫忙，這樣就可以抓到犯人囉。名偵探大哥哥和助手小俊喵，一定會抓住犯人的喔。」

小女孩猛然抬起頭，俊一郎從那雙眼睛中感覺到某種像是希望的光芒，是他想太多了嗎？但是他一走出病房，連仔細回想的時間都沒有，就立刻被拉到走廊的另一側。

「怎樣，她有說什麼嗎？」

拉他的人，當然是曲矢。雖然一瞬間有些惱怒，但從刑警的立場來想，這也是無可厚非，俊一郎決定不放在心上。

「嗯，只有三個字。」

「什麼？」

「那、個、門。」

「是說可以開關的那個門嗎？」

「好像沒錯。只是不曉得是指哪裡的門，還有究竟代表什麼意思。」

「喂喂，你沒問嗎？」

雖然想要說明美羽的情況，但俊一郎沒有信心能表達清楚，便決定閉口不答。看到他的神情，曲矢似乎立刻就明白。

「也是啦，連少年隊都舉白旗投降了。這樣一想，雖然只有三個字，你還是幹得不錯啦。」

不過幾乎都是那隻應該是小俊的虎斑貓的功勞，但是，他連一丁點想告訴曲矢的慾望都沒有。

「可是呀，光是一句那個門……實在是讓人覺得沒頭沒腦呀。」

「有很大的可能是——」

對著露出疑問神情的曲矢，俊一郎將剛才浮現在腦海中的想法說出口。

「應該是美羽她媽媽佐官奈那子被殺害的犯案現場，那附近的門吧？」

「你是說凶手脫下電影中的殺人魔裝扮，那間廁所的門嗎？」

「或是電梯的門吧。」

「不管是哪個，就是說她看見凶手從那扇門的背後消失對吧。如果是指廁所，凶手在那邊做什麼我們已經知道了，而要是電梯的門，也只是佐證了換上逃跑用服裝的凶手，是搭電梯從二樓到一樓罷了。不管是哪個，都沒有幫助呀。」

的確如曲矢所言。只是俊一郎有種強烈的感覺，美羽的話裡應該隱含著更重要的意義。可能是因為她說出「那、個、門」三個字時的聲音，還清晰地殘留在他腦海裡吧。

那個孩子是拚命將那幾個字傳達給我的……

搞不好，「那個門」這三個字，就隱藏著能一口氣解決無邊館案件的重大線索呢？

俊一郎的這個預感十分強烈。

十二　案件相關人士的獨白

為什麼是我……？

聯合慰靈祭第二天的歸途上，出口秋生在心中再次問自己，那個已經不曉得自問過多少次的問題。

出口身旁還有金丸運輸的後輩大橋明，不過他從剛剛開始就一聲不吭。正確來說，是從在慰靈祭會場看到那位男性突然出現異狀而死的場景後，他就不再開口。

我也會像那樣死掉嗎……？

一想到這點就忍不住感到害怕。他現在內心感受到的恐懼，更勝於在無邊館的《恐怖的表現》展覽中，倒臥在「棄屍」那間房內腹部流出大量鮮血，意識到自己可能會死那時。因為現在逐漸朝自己逼近的死亡，令人完全無法捉摸。

話說回來，為什麼我會出現死相呢？

這個問題縈繞在他腦海中，揮之不去。

……前輩，不會有事吧？

望著一言不發地走在身邊的出口秋生，大橋明不禁油然而生同情之心。

那時被捲進那種恐怖的案件，差點就死掉了……

現在似乎又遭受死亡威脅，而且還不是因為恐怖殺人魔可能盯上他了這類具體的威脅，而是身上出現「死相」這種讓人難以置信的理由。

不過警察的語氣十分認真。

大橋明也有作筆錄，警方在向他說明其他和出口同樣出現死相的人的情況後，詢問他有沒有想到什麼特別的事情，不過他完全沒能提供有用的資訊。

無邊館那時也是這樣……

明明有聽出口說過有人叫他去「棄屍」那間房間，但過了老半天前輩都沒回來，自己也沒有太在意。因為那時自己正忙著看變裝後還是藏不住真實身分的性感寫真偶像矢竹瑪麗亞。

要是當時我有去那間房間看一眼……

出口秋生就不會陷入性命垂危的慘境，搞不好還能預先阻止無邊館連續殺人案件的發生。

至今一直深感懊悔的大橋明，現在又再度陷入自責中。

死相嗎？

任職於關東特殊造型的鈴木健兒，站在公寓的洗臉檯前，看著倒映在鏡子中自己的臉。

就算有人這樣告訴我……這裡出現了死相……

雖然平常從事眾多恐怖電影的美術工作，但健兒是個根深蒂固的理性主義者，對於幽靈存在這類話題總是一笑置之，也不相信真的有死後的世界。

人死後就是一場空吧。

所以就算有人告訴他「死相」這種事，他也無法輕易相信。只是現在問題是，態度認真地向他說明這種無稽之談的人，是警察。

那個人真的是警察。

除了他以外，還有其他身上出現「死相」的「同伴」，而且已經有人過世了。聽到這些話，他實在是不得不相信。

而且他也的確有感覺到奇怪的氣息。

從上個禮拜開始，健兒就因為奇妙的聲響、視線和臭味而苦惱，在警方告訴他還有其他「同伴」也遇到相同情況時，他當場驚訝地說不出話。

不過這到底是怎麼一回事？

就算他接受「死相」這件事，但是為什麼自己會是那群「同伴」中的一員呢？他完全沒有頭緒。聽警察說好像是有什麼共通之處，但他想破頭還是想不出來。

盯著鏡面中自己的臉一陣子後，那張臉漸漸看起像是一個不認識的人，害怕的情緒淹沒理智，朝著健兒猛烈席捲而來。

……都是我的錯。

井東佐江雖然出席了第二天的聯合慰靈祭，但她連和弟弟鈴木健兒好好聊個天的時間都沒有，就逃跑似地回到自己住的公寓大廈裡。

都是因為自己感謝平日茶木笙子指導大家打排球，把她介紹給弟弟，才會害恐怖小說家宵之宮累在無邊館派對中慘遭殺害，笙子和健兒身上還中了恐怖殺人魔的詛咒。

自己也曉得這種想法邏輯上根本不通，但佐江就是沒辦法不這樣想。

總之，只要當初她沒有幫弟弟和笙子牽線，宵之宮累肯定就不會死了，笙子也不會出席那場派對，搞不好弟弟也不會一個人去。這樣一來，兩個人身上可能就不會出現「死相」這種詭異現象了吧？

雖然警察的說明有些不得要領，但笙子和健兒身上之所以會出現「死相」，一定是因為參加了那場派對吧？

只要我沒有幫他們兩個……

腦袋一片混亂，井東佐江愣愣地呆坐在客廳沙發上。

……我身上出現了死相。

警方這麼說時，出乎意料地，自己居然毫無抗拒地輕易相信了。茶木笙子對此十分詫異。

大概是覺得恍然大悟吧。

終於搞清楚從上星期開始便不停出現的那些令人心底發毛的現象，原來都是所謂「死相」引起的。就算現在明白原因，當然沒辦法因此就放下心來，她可是被警告死亡風險近在眼前——而且還是警察親口說的——情況可說反而變得更嚴重了。

不過……

聽到警方認真處理這種難以置信的案件，笙子還是鬆了好大一口氣。她認為警方一定很快就能找到解決的辦法。

只是……

這種案件怎麼想也不像警方的業務範圍。真的能順利解決嗎？依靠警方是對的嗎？

這樣說來，那個男生……

聯合慰靈祭時，坐在簽名桌後方的那位青年，不曉得為什麼笙子十分在意他。

那個男人！

峰岸柚璃亞簡直氣炸了。

她陪管德代參加第二天的聯合慰靈祭，在出席賓客中看到湯淺博之，嚇了一大跳。一問之下，才發現他第一天也有參加。再繼續追問下去，他才吐露其實他當時有出席無邊館的派對。逼問他為什麼要隱瞞這件事後，他才回答是為了嚇嚇兩個女生。而後來會打消這個念頭，則是因為化作空屋的無邊館屋內氣氛實在太過不尋常這種丟臉理由。

那個男的，該不會還有隱瞞其他事情吧？

峰岸柚璃亞暗自下定決心，一定要在本人不知情的情況下，輕描淡寫地從長谷川要人那邊套出話來。

居然還有其他跟我一樣出現「死相」的人……

自從知曉這個衝擊性事實後，管德代的頭腦就一直處於混亂不堪的情況。

能夠確認自己出現「死相」不是因為參加了那場探險，這當然值得高興。但謎團還沒有解開，反而可說變得更加複雜了。

從警方那邊聽到越多關於其他「同伴」的說明，德代就越覺得自己「不屬於這群同伴」。但是現在她卻被牽連其中。

為什麼……？

超越以往的戰慄感受，緊緊籠罩住管德代。

哥哥……

石堂葉月在心中呼喚哥哥石堂誠，卻完全不是為了追悼他，而是想跟已經過世的哥哥，討論「螺旋劇團」迫在眉睫的公演。

她絕非沒有因為哥哥過世而感到悲傷，只是她肩上背負著非得讓劇團公演成功的沉重責任。因為諸多因素，現在絕對無法臨時喊停。她只能將所有心力都投注在眼前的公演上。

哥哥……

所以，石堂葉月常常在心裡對她哥哥說話。

看得見死相的男人……嗎？

比起自己身上出現「死相」這個問題，佐官甲子郎更在意弦矢俊一郎這名偵探，他身為恐怖電影導演的強烈好奇心被勾起了。

那個男人真有趣，似乎可以當作下部電影的題材。

非常遺憾地，在無邊館舉辦的《恐怖的表現》展覽以失敗作結。恐怖殺人魔向佐官導演執導作品致敬而犯下獵奇連續殺人案——這般說法在社會上紛擾喧騰地流傳著，那不管怎麼看都不能說是成功。

只有我老婆那件事，可以算是賺到了，不過……

甲子郎並不曉得奈那子有來參加那場派對。甲子郎認為她把女兒美羽牽扯進來這點實在很不應該，不過原本陷入僵局的離婚協議因此果斷結案，算是不幸中的大幸吧。

死相學偵探，弦矢俊一郎……

不過現在佐官甲子郎腦中想的淨是別的事情。

情況變得很麻煩哪。

長谷川要人苦惱地雙手抱頭。

原本沒想那麼多，只是想帶峰岸柚璃亞她們去看看無邊館，結果現在聽說一起去的管德代身上出現了「死相」，這真是令人難以置信，而且聽說還有其他人也處於同樣狀態。

這些資訊都是朋友湯淺博之告訴他的。雖然聽到警方介入調查時，他不禁心中一陣緊張，但是當博之告訴他自己有參加那場無邊館派對，而且這件事情已經被峰岸柚璃亞知道了的時候，他受到的打擊可能更加有過之而無不及。

情況真的變得很麻煩哪。

希望事情不要再惡化，能夠盡快解決……長谷川要人不停地在心裡祈禱。

真是給自己找麻煩。

湯淺博之只是抱持著去體驗一個活動的心情，出席了聯合慰靈祭，壓根兒沒想過居然會在那裡碰到峰岸柚璃亞她們。

而且居然能夠看見「死相」……

湯淺博之熱愛奇異事物的血液，不禁開始沸騰。

十三　伍骨之刃

星期天的聯合慰靈祭結束之後，晚上俊一郎回到偵探事務所，便一頭倒在沙發上。什麼都不想做。暫時想這樣躺一會兒。

他原本只是打算休息一下，沒想到等他再次睜開眼，已經是星期一的早上。連晚餐都沒吃，就這樣睡死了。

一口氣用死視看了這麼多人，果然還是負擔太重了吧……

他用剛睡醒還昏沉沉的腦袋，擔心起自己的身體時，突然感到一陣胸悶，頓時感到心慌。

看來身心消耗可能超出原本預期……

他動作緩慢地正要起身，才發現原來是小俊睡在自己胸口上。

「……你這傢伙。」

小俊爬起身後，喵地道了聲早安，就開始向他討飼料吃。

「我知道了啦，你等一下。」

俊一郎走到廚房，換過新的飲用水，開了貓罐頭盛在盤子上，接著才開始動手做自己的早餐。他邊看報紙邊吃，剛泡好咖啡時，突然想起佐官美羽，忍不住將視線悄悄瞄向小俊，牠已經吃完早飯了，正在梳理毛髮。

結果還是沒問。

雖然現在逼問牠也是可以，但總有種錯失良機的感覺。好像如果沒在可能是小俊的那隻虎斑貓現身幫助探問情報的當天，回事務所後就立刻開口問的話，牠肯定就會裝作沒這一回事。俊一郎也明白自己這種感覺毫無憑據，但就是有強烈的這種直覺。

下次我一定要……

俊一郎在內心重新下定決心時，小俊剛好抬起頭來。兩人視線正巧對上。

喵？

小俊微微側頭，發出疑問的叫聲，接著就朝俊一郎走過來，肯定是想要俊一郎摸摸牠吧。但是俊一郎現在沒有時間陪牠玩耍。

「小俊，你現在可以不用過來。不，你不要過來。我現在很忙。」

俊一郎開口拒絕小俊，同時拿起咖啡杯往事務所走去，在辦公桌前坐下。身後頻頻傳來小俊抗議的叫聲，但過了一陣子就安靜下來。大概是跑到外頭去玩了吧。

俊一郎打開電腦，參考新恒警部提供的資料，將第一輪和第二輪無邊館案件的被害者及可能被害者的姓名和基本資料整齊地輸入到螢幕上。

雖然每個人的資訊都相當完整，但因為之前都是一份一份分開來看，搞不好就是因為這樣才漏看了什麼重要訊息。如果將所有人的資料擺在一起比對，說不定會有意想不到的發現。

俊一郎抱著這個想法，將資料整理好。

〈第一輪無邊館案件〉

出口秋生：男性，三十歲，金丸運輸的員工。

在「棄屍」展覽室中，遭到五骨之刃第一把凶器長劍的襲擊，受重傷差點送命。

宵之宮累：女性，三十四歲，恐怖小說家。

在「悚然視線」展覽室中，被五骨之刃的第二把凶器鐮刀殺害。

福村大介：男性，三十七歲，「人體工房」的師傅。

在「百部位九相圖」展覽室中，被五骨之刃的第三把凶器斧頭殺害。

矢竹瑪麗亞：女性，二十六歲，性感寫真偶像兼女演員。

在「竊竊私語的怪聲」展覽室的電話亭內，被五骨之刃的第四把凶器長槍殺害。

佐官奈那子：女性，三十三歲，佐官甲子郎的妻子。

在二樓電梯前，被五骨之刃的第五把凶器鋸子殺害。

〈第二輪無邊館案件〉

石堂誠：男性，三十四歲，螺旋劇團的製作人兼舞臺監督。
　在阿佐之谷的小巷子中死去，死因是心臟麻痺。
　但身上有多條像是被銳利刀劍劈砍的長條狀紅腫。

大林脩三：男性，四十八歲，金融廳的公務員。
　　於聯合慰靈祭的第二天，在會場的祭壇前死去。死因是心臟麻痺？

鈴木健兒：男性，三十四歲，關東特殊造型的美術。井東佐江的弟弟。

茶木笙子：女性，三十五歲，旭書房的編輯。

出口秋生。

佐官甲子郎：男性，三十九歲，恐怖電影導演。

管德代：女性，二十一歲，天谷大學文學院本國文學系學生。

〈其他相關人士〉

井東佐江：女性，三十八歲，和茶木笙子住在同一棟公寓大廈。鈴木健兒的姊姊。

石堂葉月：女性，三十一歲，螺旋劇團的導演。誠的妹妹。

大橋明：男性，二十七歲，金丸運輸的員工。出口秋生的同事。

佐官美羽：女性，四歲，佐官夫婦的女兒。

峰岸柚璃亞：女性，二十一歲，銀行員。管德代的朋友。

長谷川要人：男性，二十八歲，房仲公司的董事。無邊館目前由他的公司負責管理。

湯淺博之：男性，二十八歲，在新宿區公所上班。長谷川要人的朋友。

全部整理完之後，俊一郎現在才留意到一件事。

案件的相關人士實在太多了……六蠱案件當時也有同樣的憂慮、但幸好那時涉案人士的範圍自然地越縮越小，所以他才能解決那麼駭人的案子。

當然這次的案件也是，用死視看了將近一百二十個人後，就將可能被害者限縮到幾個人身上，之後應該也不會再增加了。不過，光是主要相關人士就有十八位，其中有六人已經遭到殺害，還有五人受到死亡威脅。

問題是……第一輪和第二輪案件的關連性似乎十分淡薄。

換句話說，即使仔細翻閱第一輪案件的資訊，對於找出第二輪案件可能被害者之間的共同點，還有釐清死相出現的原因，可說是幾乎沒有幫助。將兩次案件合在一起看，被害者和可能被害者總共有十一人。這麼多人中要是有什麼共同點，早就應該注意到了吧？

此時，俊一郎對自己搖了搖頭。

就算只有七個人也絕對不算少，反而應該算多吧。

然而卻完全弄不清楚他們的共通點，為什麼會擁有相同死相。此外，為什麼這七個人中，是按照第一位石堂誠，接著是大林脩三這個順序死去呢？第三個輪到誰呢？第二輪案件中的死亡順序，究竟是如何決定的？

雖然不清楚石堂誠的情況，但至少其他六人身上出現的死相都毫無差異。這樣看來，順序是隨機決定的嗎？第三個死去的人不管是誰都不奇怪嗎？

……不過，感覺上管德代應該會排在最後一個。

如果當初她們沒去無邊館探險，她就不會成為第二輪案件的可能被害者。是因為恰巧和黑術師設在那棟宅邸裡的咒術裝置起了反應，她才會被牽連進去，頂多只能算是個特例才對。

解決關鍵果然還是在她身上嗎？

只有管德代一個人的立場不同，她可以說根本就是無邊館案件的局外人。搞不好與其將第二輪案件的被害者、可能被害者和德代等所有人並列比較，還不如將七人分成她和其他六人這兩組，然後找找看到底有什麼共同點。

不管怎樣，如果不想辦法找出來……

還好這次俊一郎不需揪出恐怖殺人魔的真面目。他接受的委託內容是，拯救出現死相的可能被害者的性命。在六蠱那次案件中，只要沒逮著那位獵奇連續殺人凶手，就無法拯救那些被選中、即將成為犧牲者的女性們。但這次的案子不同。只要能找到那個關鍵的共通點，所有人身上的死相就會立刻消失得無影無蹤。

曲矢告訴過他，外婆去調查無邊館咒術裝置時曾經這麼說——再也沒有比這更令人安心的事了。

此刻，桌上的室內電話響起。

「喂。」

俊一郎立刻接起話筒，因為他猜想可能是曲矢打來告訴他這次案件的新情報。但一聽到對方說話的內容，他驚訝到差點鬆手摔落話筒。

『啊，是大野屋嗎？我要上等炸蝦飯和熱蕎麥麵各一份，請你盡快送來。』

等他一聽出這句話出自熟悉的嗓音，頓時全身無力。

「外婆，這種時候妳在搞什麼呀。」

『當然是講電話呀。』

不愧是外婆，她回話的語氣絲毫不認為自己有錯。順帶一提，大野屋是外公外婆常常叫外送的店。

「我不是在說這個，現在哪有那個時間讓妳玩——」

『誰在玩呀！你這孩子根本不懂，我為了調查五骨之刃的情報有多辛苦。』

雖然想追問，趁機將失蹤鄉土歷史學家的資料據為己有很辛苦嗎？但俊一郎還是明智地選擇不多說，那樣只會讓話題變得更複雜而已。

「那妳有查到什麼嗎？」

『就是有查到才會打電話呀，結果哪知道你這個孩子——』

「哪有人會在這麼重要的電話裡，劈頭就開玩笑假裝要叫蕎麥麵店外送呀？」

『啊啊，實在太丟人了。外婆我是貼心，想要舒緩外孫面臨大案子的緊張心情，這份用心你都感受不到嗎？順便告訴你，上等炸蝦飯是我要的，熱蕎麥麵是那個人的。』

到底是誰丟人吶——俊一郎內心不悅地嘟噥，嘴上當然一個字也沒講。妳給自己叫了豪華的上等炸蝦飯，為什麼外公只有熱蕎麥麵呀——連這種吐嘈他也刻意忍下來。因為俊一郎從外婆的語氣中察覺到，她似乎發現了什麼重要資訊。總之，他現在完全不想浪費時間在其餘對話上。

「所以咧，妳發現什麼了？」

『你這孩子真是一點都不可愛耶。』

因為俊一郎絲毫不給她回應，外婆似乎感到無趣，不過突然又換了個語氣問：

『算了，比起那種事，你還好吧？』

「啊？」

『你不是用死視看了很多人嗎？沒有哪裡不舒服嗎？』

「是睡得比平常久。」

不過反而因為這樣，其實到現在頭腦都還有些昏沉沉的，不太能思考。

『只有這樣嗎？』

「……嗯。」

『那就好，不過你的聲音有點怪怪的吧？』

聽到外婆這樣說，俊一郎內心泛起不安，不過現在除了頭昏以外，並沒有哪裡特別不對勁，所以——

「妳該不會是重聽了吧？」

他毫不客氣地回話。外婆氣憤的聲音立刻透過話筒傳了過來。

『蠢蛋！我不管眼睛、耳朵、腳、還是腰，都好得不得了，好到我都要煩惱了。』

還有嘴巴也是——俊一郎將這句話硬生生地吞了回去。

『你是變聲期嗎？』

「我現在是幾歲呀？」

『二十歲呀。你連自己的年紀都搞不清楚嗎？』

「我說外婆妳呀——」

『反正你這兩天的工作可不是平常做慣了的，還是要多注意一下。』

俊一郎明白，話筒另一端的玩笑話中，夾雜著外婆對他的擔心，因此——

「……嗯，我會注意。」

他認真地回覆。

『我終於曉得，所謂五骨之刃呀……』

外婆突然開始說明。

『是一種擁有咒術力量的凶器，利用這五把凶器分別完成五次殺生後，就能讓凶手實現自身願望。』

「果然是這樣嗎？跟我原本想的差不多。」

俊一郎不禁感到興奮，然而外婆毫不留情地說：

『不過是瞎猜猜中罷了。』

就不能稱讚我一下嗎？俊一郎雖然感到不滿，但要是在這裡回嘴，可就著了外婆的道，所以他一句話也沒說。

『你今天都不會回嘴耶，果然還是有哪裡不太對勁吧？』

「那五次殺生，對象不管是誰都可以嗎？換句話說就是隨機連續殺人——」

『你是不會先回答別人的問題嗎？』

「所以我不是說了，哪有那種閒工夫——」

『對於擔心自己外孫身體的體貼外婆，這個孩子講話居然這麼狠心……』

外婆開始假哭，俊一郎只好趕緊回答：

「好啦好啦，我很好啦。沒有哪裡不舒服。」

『這樣就好。』

外婆的聲音立刻恢復正常，像是什麼都沒發生過般繼續講下去。

『五次殺生時不能搞錯的是，必須要用五把凶器，分別去殺害用來製作那把凶器的骨頭所屬的動物。』

「咦，不是人類嗎？」

『如果是用牛骨製作第一把凶器長劍的柄，這把劍就必須用來殺牛才行。』

「也就是說，如果五把凶器的柄都是動物骨頭——」

『不，這樣就無法構成五骨之刃，其中一定要有一個是用人類的骨頭。』

「等一下。那在無邊館案件中使用的五骨之刃，柄是人骨做的不是也只有一把嗎？」

『沒錯。』

「但是恐怖殺人魔殺害的對象全是人類……」

『肯定是黑術師騙他非殺人不可吧。』

「這樣一來，就算無邊館殺人案成功了，恐怖殺人魔的心願也無法實現吧？他只是平白遭到黑術師利用而已嗎？」

當然俊一郎對凶手沒有絲毫同情，只是令人感到十分悲哀。

『黑術師就是要引發這種毫無意義的連續殺人案件，這是他唯一的目標吧。』

「……」

俊一郎突然感到胃部一陣下沉，心情有些沉重。

『這起案件的凶手，個性可能相當一板一眼。』

「為什麼？」

『五骨之刃這組凶器，雖然順序是從第一把長劍排到第五把鋸子，但並沒有特別規定一定要按照順序使用才行。』

「那個順序是沒有意義的嗎？」

『那似乎是按照凶器容易使用的程度排出的順序。』

「什麼？」

『幾乎所有人都是第一次殺生，因此才會把體積較小的長劍放在第一個，這樣下手時只要使勁用力一刺就行了。第二把鐮刀和第三把斧頭在過去都是日常生活用具，所以也沒有問題。第四把長槍雖然也是刺殺用的凶器，不過實際有使用經驗的人應該相當少吧。第五把鋸子，雖然和鐮刀跟斧頭同屬常見的工具，但要當凶器使用則相當不容易。』

「也就是說，藉著從第一把長劍開始練習，慢慢習慣殺生……五骨之刃就是在這種想法下製造出來的凶器嗎？」

對於這過於駭人的企圖，俊一郎不禁啞口無言。不過，儘管五骨之刃的效用是這樣，在無邊館殺人案件中卻反而迎來了諷刺的結局，一想到這點，俊一郎感到心情十分複雜。

「但是，恐怖殺人魔失敗了。而且，還是在第一把劍就沒能成功殺了對方。所以才會再次──」

『哦，我有從新恒警部那邊聽說了，是雪恥殺人那個說法吧。不過呀，已經死了兩個人的現在這場案件，並沒有使用五骨之刃，這點你知道吧？』

「嗯，石堂誠是心臟麻痺，大林脩三應該也是死於同樣原因。」

『喂，你應該要加上「先生」。』

外婆立刻出言糾正，接著又說出令人驚訝的事情。

『不過呀，似乎在第二輪的案件中，其實使用了另一個讀音相同，但是五多了一個人字邊的「伍骨之刃」這個咒術。』

「意思是，這和一開始的那個咒術內容並不相同嗎？」

『凶器的製作方法是一樣的。只是，需要幾把凶器則是隨目標人數而改變，而且也不是要實際拿來使用。』

「……旁邊加了一個人字邊的『伍』這個字，代表的不是『五』這個數目嗎？」

俊一郎大吃一驚。黑術師在無邊館設下的咒術裝置和伍骨之刃的「伍」這個字的意義，該不會有十分重要的關連性吧？

『舉例來說，假設自己的小孩在學校遭到霸凌而自殺了。』

但在俊一郎開口詢問之前，外婆就已經開始舉例說明。

『霸凌他的，是同班上同一個小組的人。因此自殺孩子的爸媽就打算藉著伍骨之刃替小孩報仇，最快的方式就是找出那個小組成員的名字。只是，必須要弄清楚對方的全名，不然要是只知道對方姓「鈴木」，就會把班上其他姓鈴木的同學全部拖下水。不過爸媽並不曉得自己孩子所屬小組中所有人的名字，即使詢問校方也得不到答案。在這種情況下，他們需要的就是，學校名稱，幾年幾班，還有小組的名稱。』

「也就是說，在那間學校的幾年幾班的那個小組名稱，就是伍骨之刃的『伍』所代表的意義。」

『沒錯。只要能夠確定『伍』代表的含意，就能確實地咒殺那個小組中的成員。』

「如果在連小組名稱都不知道的情況下使用伍骨之刃的話？」

『就會把那個班上的所有人都殺掉吧。』

伍骨之刃的「伍」，就是第二輪案件的被害者與可能被害者間共通的某項事物，為了過濾出這點，黑術師所選擇的方式肯定就是無邊館的咒術裝置。

明明親身至那棟宅邸調查時，外婆對伍骨之刃還一無所知，但她現在似乎已經追查到不少線索了。

俊一郎坦率表達自己的佩服之意後——

『哈哈哈哈，你以為我是誰呀，聽好了——』

外婆開始一一提起她的輝煌功績，讓俊一郎立刻深感後悔。自己應該要料想到的，一旦話題偏掉——而且還是外婆最喜歡的，關於她自身的當年勇——要再把主題拉回正軌就十分困難了。

好不容易將話題再轉回案件討論時，俊一郎已經精疲力竭了。為什麼我得浪費力氣在這種事情上呢？他忍不住在內心發牢騷。

「妳剛剛說凶器不會實際拿來使用，那是在咒術上使用嗎？」

『對。所以才會死因雖然是心臟麻痺或心肌梗塞，但身體上卻出現了如同刀劍劃過般的痕跡。』

石堂誠遺體上出現的長條紅腫，肯定就是這個緣故。

「決定挑選新犧牲者的條件內容的，自然是那個恐怖殺人魔吧？」

『大概是吧。畢竟黑術師關心的只有，能讓多少人類用多麼悲慘的方式死去這個問題而已。』

簡直是令人作嘔的一句話，但恐怕是說中事實了吧。

「這樣一來，挑選犧牲者們的基準是什麼？想找到這一點，不能光是埋頭研究那些人的情報，還必須從恐怖殺人魔的立場來調查吧？」

『不過這種事，如果不曉得凶手是誰也做不到吧。』

「……嗯。」

『逮捕凶手當然很重要，可是呀，就算知道凶手是誰，也不保證能立刻連伍骨之刃的「伍」的含意都弄清楚。』

「只有抓到凶手，否則可能被害者們身上的死相也不會消失……是這樣吧？」

『嗯，伍骨之刃的「伍」代表什麼意義？除非你能在身上出現死相的某個人面前，清楚地說出那個答案，不然就算抓到凶手，也無法保證那些人的性命安全。』

「我得在某個人的面前親口說出……」

光是想像這個情況，俊一郎的一顆心就直往下沉。外婆似乎也察覺到這一點。

『也不需要特別擔心吧。我聽新恒警部說，你只要一到解決案件、說明推理的場面，就會變得十分多話不是嗎？』

「……聽說是這樣。」

俊一郎自己並非不記得這些事。只是，那個人明明是自己卻又完全不像自己，從平常沉默寡言冷淡無禮的形象簡直難以想像，滔滔不絕敘述案件推理內容的那副模樣——他有的就只是一個模模糊糊、幾乎沒有真實感的稀薄記憶，

『只是呀，你要多注意一下該怎麼處理管德代小姐。』

「什麼意思？」

『無邊館的咒術裝置是以參加派對的人們為對象，這一點肯定是錯不了吧。』

「結果她也被算進去了。」

『是呀。只是，就算她和參加派對的那些人同樣符合「伍」這個條件，但能否一概而論地將她算進其中一分子，這十分難以判斷。』

「妳的意思是——明明設定上應該有曾參加過無邊館派對這個條件，可是與派對毫無關連的她卻被牽連其中，這點果然十分不尋常嗎？」

『她所擁有的某個東西，碰巧和「伍」相符，這種偶然當然有可能發生。不過，原本她明明不可能被納入同類的，卻因為剛好某個條件十分相近而觸動了咒術裝置，這種可能性也必須列入考慮吧？』

「剛好有了反應……」

此刻，俊一郎的腦中突然浮現了電腦的網路搜尋功能。

在網路上想要搜尋的某個東西時，如果不預先設定好細部條件，常常會出現完全無關的網頁。無邊館的咒術裝置，搞不好就類似這樣。要真是如此，事情就相當棘手了。

明明我才剛剛再次認為管德代肯定是解決關鍵……

俊一郎不禁感到喪氣。外婆似乎察覺到他的低落，就用一副教誨外孫的口氣說：

『聽好了，怪異現象這種東西，只要一找到引發現象的真正原因，常常就會立刻停止了。最有效的，就是說出它的名稱。』

「嗯……」

『在這次的情況中，那個怪異現象的名字，也就是伍骨之刃的「伍」的含意——一定要找出那到底是什麼東西。』

「我明白了。」

『揪出凶手可以擺在那之後。不趕快找出「伍」的意思，就還會有人繼續死去。』

十四　慘遭殺害的順序

星期一早上外婆打來的那通電話結束後，時間已經快要中午了。如果是平常，這時間該出門去吃午餐，不過俊一郎現在睏得不得了。更精確地說，是頭腦昏沉沉的，光是要保持清醒都十分困難的狀態。

明明從昨天傍晚一回家就睡到今天早上，都睡了這麼久怎麼還會這樣？

而且一直到幾分鐘之前，自己都還和外婆在電話裡談那麼重要的事情。雖然，老實說，外婆在講她那些無聊的當年勇時，確實是有點睏倦，但至少意識絕對是清醒的。

可是，現在又開始……

俊一郎不禁感到有些擔憂，這也是因為一次用死視看了許多人的影響嗎？要真是如此，今後就必須更加慎重。雖然他的確可以切換「看」或「不看」，但也並非真的了解死視的所有面相，無法保證不會有出乎意料的障礙影響他的身心健康。

總之先休息一下好了。俊一郎正要朝沙發走去時，突然嚇了一跳。

「你這傢伙什麼時候……」

一座宛如浮上岸邊的鯨魚般、超越常識的巨大身軀就橫臥在沙發上，肥油貓大搖大擺地趴在那裡。

「你還是很厚臉皮耶。」

肥油貓是俊一郎取的稱呼，牠似乎是某位住在偵探事務所附近的阿姨養的貓。那位飼主取的名字居然叫作「重金屬」！實在是太好笑了，看著這隻好吃懶做、完全不顧他人想法的胖貓，怎麼有辦法取得下去重金屬這種名字呢？

只不過，麻煩的是，這隻肥貓是小俊的朋友。偏偏選這種傢伙……俊一郎也曾這麼在心裡發牢騷，不過既然是小俊的朋友也沒辦法了。他盡力要接受這隻肥貓，可是，牠不僅數次在自己不在時擅自進到事務所，還穩如泰山、唯我獨尊地趴在沙發上。俊一郎撞見幾次肥油貓的身影後，現在變得極為厭惡牠。不，根本是從第一次碰面就覺得討厭。

「喂，小俊！」

他怒氣沖沖地叫著，伴隨著喵地一聲，小俊從沙發後面跑出來。

「為什麼是這傢伙在沙發上，而你卻待在沙發後面？」

聽到小俊回說因為牠是客人後，俊一郎不禁仰天長歎。

要是肥油貓欺負小俊，所以才自己待在沙發上，俊一郎肯定毫不遲疑地立刻把牠趕出去。但真正原因既然是小俊熱情接待那隻肥貓，現在就不能做得太過分。

「總之，你叫那傢伙給我回家去。」

要是平常，小俊肯定會抗議地叫個不停，但今天牠只是靜靜地望著俊一郎的臉一會兒，接著就照他的吩咐做，而且那隻肥油貓也爽快地走人，讓俊一郎大吃一驚。

這麼說來，那隻貓……

進出事務所的路徑，明明只有廚房窗戶那道為了小俊才微微敞開的狹窄細縫，肥油貓到底是怎麼穿過來的，至今依然成謎。現在搞不好就是確認這件事的最佳時機……俊一郎腦中還轉著這些無聊念頭時，就已經在沙發上沉沉入睡。

俊一郎會醒來，是因為從遠處傳來鈴聲，還有輕輕戳自己臉頰的柔軟觸感。

他張開雙眼，看見小俊的前腳。小俊就坐在他胸前，似乎一直用前腳輕拍俊一郎的臉，鈴聲則是來自桌上的電話。

他慌忙打算起身時，詫異地發現身體驚人地沉重，全身虛脫無力，頭腦陣陣發疼。

這是……

意識雖然朦朧，他仍是勉強起身走到桌邊，拿起話筒。

「……喂。」

『喂喂，你是睡傻了喔。』

曲矢響亮的聲音在腦中來回劇烈震盪，他下意識地將話筒拉遠。

「……有一點。」

『雖然你的確是個小朋友，但現在就睡覺也太早了吧。』

俊一郎看向窗外，天色已經完全暗了。他似乎一口氣睡了六、七個小時。

果然不太對勁……

『在合同慰靈祭第二天中離奇死亡的大林脩三，已經知道他的死因了。』

曲矢並沒有注意到俊一郎情況有異，逕自開始說明打電話的理由。

『和石堂誠一樣是心臟麻痺，而且大林的身體上也出現了和石堂相同的奇特紅腫痕跡。』

「長什麼樣？」

俊一郎費盡力氣才吐出這幾個字。

『石堂身上的紅腫痕跡，簡直像是遭人砍傷似的。話雖如此，也不過是紅腫，而且要鎖定並沒有實際使用過的凶器，基本上不太可能。但我們還是可以推想，搞不好是五骨之刃的第一把凶器長劍。換句話說，就是看不見的凶器。』

「……嗯。」

外婆之前說的伍骨之刃的凶器，正是如此。

『聽說大林身上的紅腫簡直像是被刺傷的痕跡。依照慣例用採非正式途徑探問時，對方說最接近的凶器……說不定是長槍。』

「咦？」

『在五骨之刃中，長槍的順序排在第四。原本以為第二輪無邊館案件，肯定也會從第一把凶器循序開始，不過這樣情況就翻盤了。』

「這樣說的話……」

『沒錯，殺害石堂誠那把看不見的凶器，也不限定是第一把的長劍了。只是要能砍人的話，第二把的鐮刀或排第三的斧頭也都可以。這樣就會出現一個問題，在第一輪案件中按照順序使用凶器的凶手，為什麼到了第二輪案件就打亂順序了呢？』

「我外婆……」

『關於五骨之刃和另一個伍骨之刃的說明，我們已經聽過了。第一次殺人的凶手從第一把長劍依序使用這種說法相當合理。可是，為什麼第二次不也選擇同樣方式呢？是因為不需要實際使用凶器嗎？不過也正因為這樣更沒必要去更動順序吧？你不覺得很奇怪嗎？』

「……」

『喂，你有在聽嗎？』

「……」

『怎麼回事？喂！』

曲矢的聲音模模糊糊地傳入耳中，而俊一郎的意識已經越飄越遠。

身體趴向桌面的瞬間，喵！傳來小俊驚懼的大叫，俊一郎也有感覺到牠朝自己奔來的氣息，不過旋即就被一片漆黑完全吞沒，再也沒有任何記憶。

俊一郎醒過來時，人已經躺在寢室的床上。意識不太清楚、半睡半醒的狀態中，他轉頭往旁邊望去，看到枕邊椅子上坐著一位年紀約莫十四、五歲的少女，正在看《班森怪奇小說集》。

啊，小俊化身為年輕女孩了嗎……？

然後來照顧我，肯定是這樣，不知為何他浮現這樣的想法。他莫名地相信，像小俊這麼聰明的貓咪，會做這種事也是理所當然的。

不過，牠化身的這個女生身材有些圓潤呢。

雖然絕非到胖的地步，但是與街頭上隨處可見的那些，手臂和雙腿纖細的國高中生們相比，眼前這位看起來可說是健康良好的少女。

而且，她在看的書倒是相當非主流呢。

雖然是從俊一郎的書架上取下來的，不過居然會挑選E・F・班森的短篇集，相當內行喔。

……咦？

此刻，俊一郎突然感到有些奇怪，終於開始察覺到不對勁之處。

小俊應該是公的吧？

讓人覺得不尋常的，是因為性別而生的奇怪感覺。

為什麼要化身成女孩子呢？

他還滿腦子都在思索性別問題時，突然看到在少女膝上沉睡的那個東西。

……貓。

和小俊同樣是隻虎斑貓。而且長相十分討喜，又有男子氣概，一臉聰明的模樣。

簡直就像是小俊……

當這些念頭盤旋在他腦中時，俊一郎的意識逐漸清晰——

「……咦？」

「啊，你醒了。」

他與望著自己的少女眼神撞個正著。

在牢牢盯著他看的那位少女膝上，小俊頻頻喵喵叫，關心地問他「沒事吧」。

喵～喵～喵～

「……咦？小、小俊。」

「我照顧俊一郎先生時，小俊喵也幫了不少忙喔。」

為什麼這個女生會知道小俊的全名？不，比起這件事，她是誰？為什麼會出現在這裡？

俊一郎內心的疑惑似乎全都清楚地寫在臉上，她溫柔地將小俊抱下大腿，從椅子上站起身行個禮。

「我哥哥平常受你關照了。」

「啊？」

這瞬間，俊一郎心中浮現了討厭的預感。

「我的名字是曲矢亞弓。」

什、什麼！

「我老家在關西，在那邊念到高中畢業後，今年四月起開始來東京上護校。我哥哥跟我連絡，說俊一郎先生昏倒了——」

原來是曲矢刑警的妹妹。

「所以我想說或許能幫上什麼忙，就沒考慮太多，直接過來了。啊，俊一郎先生身為死相學偵探的種種輝煌事蹟，我之前就曾聽哥哥講過。因此，特別覺得擔心——」

雖然是那位刑警的妹妹，說話相當得體呢，不，都可以說是相當有禮又親切了。雖然看起來像是只有十四、五歲，不過高中畢業又在讀護校的話，應該是十八歲吧。

但是，怎麼偏偏是曲矢的妹妹來照顧我……

俊一郎再度湧起複雜的心境，遲了好幾拍才突然發現自己還沒有好好跟人家道謝。

「……謝、謝謝妳。」

「不客氣。身為護校的學生，我只是做了應該做的事。而且我早就想見見哥哥讚譽有加、相當活躍的偵探先生了。」

讚譽有加？曲矢對我？

原本就意識朦朧的俊一郎腦中，現在又浮現了無數個問號。

「對了！哥哥叫我把這個東西交給你。」

亞弓遞來的，是一張折成四折的紙條。

「抱歉。哥哥有說過這是工作上很重要的連絡事項，叫我一定要交給你，結果我卻不小心忘記了。」

俊一郎開口請低頭道歉的亞弓坐回椅子上後，就打開紙條，讀完內容後頓時啞口無言。

你敢對我妹妹出手，我就立刻宰了你。

紙條上用潦草的筆跡寫著這幾個字。

結果一直到星期四早上俊一郎都下不了床。幸好隔天他就退燒了，不過等到他完全恢復，幾乎花了整整三天的時間。

那段期間，當然黑搜課仍然持續進行調查，不過沒什麼顯著進展。關於這點，曲矢總是不請自來地逐一向他說明情況。

「哥哥，你講工作上的事會影響俊一郎先生休養身體吧。」

曲矢每次被亞弓責罵就不敢吭聲的畫面令人難以置信，總讓俊一郎訝異地睜大雙眼。曲矢似乎相當寵愛年紀小他許多歲的這個妹妹，再加上小俊因為擔心俊一郎，又已經和亞弓熟稔起來，所以經常待在寢室。在這種情況下，可以想見曲矢肯定難以發揮平常的氣勢。

「你趕快給我好起來。」

他會這樣說，除了關心俊一郎的健康，更重要的還是，曲矢想盡早在妹妹和小俊不在場的狀態下討論案件的情況。

星期四早上，俊一郎坐上前來迎接他的便衣警車，動身前往警視廳。這是為了和第二輪無邊館案件的可能被害者碰面。

「雖然這是新恒警部提出的主意，沒想到你竟然也有同樣的想法。」

一起坐在後方座位的曲矢說完後，俊一郎不假思索地說出自己真正的想法。

「因為已經沒有其他辦法了呀。」

「你這也太悲觀了吧。」

曲矢嘴上雖然這樣說，但可以感覺得出來他內心也沒有把握。搜查想必是遇到了瓶頸。

「就算我跟出現死相的那五個人碰面，事情也不會突然就有進展。問話可是你們的專業吧。連你們都沒有發現有可能是伍骨之刃的『伍』的東西了，現在我不管做什麼或許都只是白費工夫。」

「也是。」

才不會——不會開口講這種安慰話，非常有曲矢的風格。但是，俊一郎相當欣賞刑警的這個特質，讓人深感信賴。

「黑搜課至今向五人問話過後，整理出的最重要的推斷，頂多就是因為伍骨之刃喪命的順序罷了。」

「咦……？」

曲矢這句話說得輕描淡寫，讓俊一郎沒辦法立刻聽懂其中含意，不過下一秒他就不禁叫了出來。

「已、已經知道了嗎？」

「只是推測，但是新恒相當有自信。」

「下一個是誰？」

「旭書房的茶木笙子。接著是關東特殊造型的鈴木健兒，然後是你的委託人管德代，電影導演佐官甲子郎，最後則是第一輪案件的倖存者出口秋生。」

「為什麼會這樣推測？」

俊一郎語氣急切地追問，曲矢露出頗為得意的表情說：

「這五個人全都從上上週開始遇到一些奇怪的體驗。」

「一開始是在惡夢中出現了令人不舒服的視線、跟隨在後的腳步聲、腐敗臭氣和意義不明的低語聲……這類體驗，沒過多久連日常生活中都開始能感受到這些現象——是指這些吧？」

「沒錯，細問每個人體驗到的具體內容，還有奇怪現象出現的頻率，再將五人的情況相互比較之後，發現他們彼此之間差異相當大。」

「意思是……這五人會照著那個惡夢體驗的強烈程度依序死去。」

「不愧是專業的，一下就懂了。」

雖然曲矢稱讚他，但俊一郎當然一點都不開心。

「會發生在什麼時候？」

「新恒認為是明天。」

「……明天。」

雖然覺得時間實在太緊迫，但因為俊一郎臥病在床，所以星期一到三這三天白白浪費掉了。該不會因為這樣而造成無法挽回的遺憾吧？

「為什麼是明天？」

即使如此，現在也只能全力以赴。俊一郎調整好心情繼續追問。

「石堂誠是在上週二過世的，大林脩三在我們眼前死掉，則是在上週日。也就是說，石堂死後的第五天，大林也死了。」

「和五骨之刃有所關連的可能被害者會以每五天一人的頻率死去……這是新恒警部的想法呀？」

「雖然理由有點薄弱就是——」

「不，牽扯到咒術的情況，這種文字遊戲般的內容中通常都藏有線索。」

「原來如此。既然專家都這樣說了，應該就是如此吧。」

俊一郎原本以為曲矢是像平常一樣在揶揄他，沒想到曲矢似乎是認真的。

「死亡時段呢？」

「新恒認為是晚上。那些視線、腳步聲等奇怪現象全都是在晚上出現的。石堂誠也是在晚上死的。」

「大林脩三是在白天過世的喔。」

聽到俊一郎的反駁，曲矢氣憤地說：

「警部認為，那可能是對我們的挑釁。」

「黑術師的……」

「嗯。讓新的犧牲者死在黑搜課搜查員和死相學偵探的眼前，黑術師肯定是無法抗拒這個誘惑吧——他是這樣說的。」

「……」

俊一郎頓時一句話也說不出來。不過，這的確很像黑術師會有的想法。

「話說回來，你們居然有辦法在平日早上將五個人聚集在一起。」

他放鬆心情換個問題，這次曲矢則是諷刺地回答：

「既然關乎自己的性命，天大的事情也要丟一邊去趕過來吧。」

「也就是說，五個人都接受了自己身上出現死相的事實了嗎？」

「在聯合慰靈祭時，似乎還是有人不相信。不過後來我們告知他們幾位，還有其他好幾個人也做了相同的惡夢，在現實生活中也出現了同樣的詭異現象，而且所有人身上都出現了死相，加上講這些話的人又是警察。石堂誠的死證明了放著不管是相當危險的，更何況大林脩三還當場死亡。這樣一來，就算原本認為這一切只是無稽之談的人，心中也肯定惴惴不安吧。」

抵達警視廳後，新恒警部雖然有出來接他，但也只是隨意寒暄了幾句，就立刻讓俊一郎和五人分別會面。原本也有考慮過讓曲矢在場，不過新恒和俊一郎自有考量，最後還是決定由他單獨進行問話。

會面談話的順序是茶木笙子、鈴木健兒、管德代、佐官甲子郎、出口秋生。按照警方預測的死亡順序，讓俊一郎一一和他們碰面。

十五 可能的被害者

旭書房編輯茶木笙子一看到走進房內的弦矢俊一郎，頓時露出不安的表情。不過他絲毫不在意，這種反應，他已經在來偵探事務所的委託人身上看多了。

比想像中還年輕……

幾乎所有委託人都會先因為他的年齡而嚇一跳。就因為擁有看見死相的能力，每個人似乎都會下意識地在腦中描繪出一位高齡長者的模樣。來到事務所的客人多半都帶有推薦信，因此事先應該都曾經從推薦人那了解俊一郎的外貌才對，但幾乎每個人都顯露出擔憂的神情。聽別人描述而在心中建立的印象，和自己親眼確認，果然還是有所差異吧。

非常遺憾地，眼前這位委託人的不安情緒，在與俊一郎開口交談之後更加膨脹，這當然是因為他不善言詞。儘管和過去相比，他的各方面溝通能力都有長足進步，但也並非像是業績出色的王牌業務那樣，學會了高段的談話技巧。從這層意義來看，他的談話能力仍比不上一般人的水準。

不過，俊一郎並不著急。死相是什麼？出現死相的人會怎麼樣呢？能夠避開已然遭到預告的死亡嗎？為此需要什麼呢？過去曾有過怎麼樣的案例呢？在逐一解釋這些問題的過程中，委託人多半都會漸漸開始信任他。雖然其中也有人直到最後仍是半信半疑，但至少都願意協助他，畢竟這可攸關自己的性命。

可是，這次並沒有充裕的時間可以一個人一個人仔細問話。俊一郎對於自己睡掉三天這件事感到十分懊惱，不過後悔也於事無補。反而因為一開始警方就介入其中，所以原本聽起來十分可疑的「死相學偵探」，可能的被害者們似乎都能接受，現在自己應該對這件事心懷感激。

瞥見茶木笙子的表情那瞬間，俊一郎的腦中瞬間轉過這些念頭。

「我會死嗎？」

問題來得太過突然，俊一郎說不出話，只是靜靜地看著對方。

「你看得見我身上出現的死相對吧？」

「對。」

這次他立刻就回答了。笙子聽到後像是突然全身沒了力氣，整個人虛脫般地癱在椅子上。

為了以防萬一，俊一郎用死視觀察她，發現與在聯合慰靈祭上看到的同樣死相，仍舊清楚地遍布她全身。本次面談的目的，其實也包含了再度確認死相這件事。若是其中有人的死相消失了，搞不好就能成為新的線索。過去也曾經發生過有委託人身上死相突然消失，藉著思索其中含意而順利破案的案例。

「難道我的命運是在那場派對上遭到殺害嗎？」

笙子依舊靠在椅子上，像是喃喃自語般地說。

「原本我應該要被恐怖殺人魔殺掉的，卻因為某種偶然逃過一劫，但因為那是早已註定的命運，現在才會又成為目標。不是嗎？」

俊一郎搖搖頭。

「……這樣呀。我以前有看過這種內容的ＤＶＤ，所以才會想說搞不好……」

是《絕命終結站》系列吧。俊一郎差點要開口這樣說，但一想到這對找出伍骨之刃的「伍」並沒有任何幫助，就又將話吞了回去。

「關於其他人呢？」

俊一郎問出這個問題後，立刻就在心裡暗自反省自己怎麼問得沒頭沒尾，不過笙子似乎聽懂了。

「警察有跟我說，和我出現相同死相的其他人的事。雖然我只知道佐官導演，不過直到參加那場派對以前，我從來就不曾和他接觸過。不，就算在那場派對上，也只是打過照面，沒有說上話。然而……」

笙子停頓片刻。

「一開始我想過，也許貫穿我們所有人的關鍵字是『恐怖』，但恐怖殺人魔第一個下手的被害者是出口先生，那位運輸公司的員工。我有聽說他當天只是剛好來無邊館協助設置展示品。還有那位在讀大學的管小姐，她不過是跟幾個朋友跑去已經變成無人空屋的無邊館探險罷了，和那場派對根本毫無關係吧。但是，居然也出現了和我一樣的死相……」

此刻，笙子從椅子上探出身子。

「還沒有對策可以調查為什麼我們身上會出現死相嗎？」

她緊緊地注視著俊一郎，乾脆俐落地直接切入重點。

「只能找出……所有人的共通點。」

「那是要到什麼程度的共通點呢？像是血型、星座或興趣之類的，可能性不是非常多嗎？」

「這種鎖定方式……」

「還辦不到嗎？那究竟該怎麼找呀？」

笙子的臉孔立刻因為絕望而扭曲，好半晌說不出話來，只是愣愣地呆坐在椅子上。不過接著她還是再度開口，以從警方那聽說的其他四人的資訊為基準，絞盡腦汁想找出他們和自己的連接點。

與笙子討論的過程中，換俊一郎逐漸感到絕望。這才第一個人呀……他在內心幫自己打氣，可是越是感受到笙子拚上老命的決心，他越體認到自己身為死相學偵探卻完全使不上力有多麼窩囊。

結果，分配給茶木笙子的時間全數耗盡，從門後探出臉來的曲矢將俊一郎帶離了那間房間。

「請你救我們，拜託你。」

離開房間前，她的最後一句話，深深地刺進俊一郎的心。

一踏進第二位可能被害者鈴木健兒所待的房間，他果然也表現出和茶木笙子相同的反應。不同之處在於，健兒立刻就率直地說：

「你也太年輕了吧，你幾歲？」

「……二十歲。」

「哦，你是從小就看得見死相嗎？」

「對。」

「那應該吃過不少苦吧。」

「嗯。」

「所以你話才這麼少呀。不過，看見死相的偵探這種工作，如果不逼問對方一大堆問題，不就找不到解決的方法嗎？還是就像看得見死相那樣，也能立刻知道解決死相的方法呢？」

「不，我能看到的只有死相。」

「果然是這樣呀。」

談話熱度急遽下降時，健兒的表情變得十分沮喪。

「要是已經找到解決方案的話，警方就不會叫我們來了吧。」

「……非常遺憾。」

「你一定覺得我很愛講話齁。」

「沒有。」

「我們『東特』的工作，就是將電影導演腦中描繪的景象化作現實。」

「東特？」

「東特是關東特殊造型的簡稱，同類型公司的關西特殊造型簡稱則是『西特』，兩間公司合起來就叫作『關特』，聽說總有一天會合併成一間公司，不過這種事現在都無所謂啦。」

「嗯。」

「不管是東特還是西特，實際執行的工作其實沒有多大分別，就是將導演想要的畫面具象化。雖然會請對方提供分鏡或草圖，不過光靠幾張紙是做不出什麼東西的。需要和導演詳談，確認他內心的畫面到底長什麼樣？想要用在什麼地方？有很多想法是沒辦法光靠圖傳達的，我們要想辦法自己去挖掘出來。講到造型美術這種工作，可能很多人都會以為就是脾氣又臭又硬，沉默寡言的師傅在做的。不過這可不是傳統工藝的世界，這種性格是成不了事的。」

「那個……《斬首運動社》中斬首的那一幕非常逼真。」

「喔喔，你有看過呀！」

健兒露出滿臉笑容，開始說起特殊技術業界的甘苦談。

雖然暗自擔心對話內容脫離主題越來越遠，但俊一郎還是興味盎然地聆聽，這可是他最喜歡的恐怖電影的幕後祕話。

「可是呀，實際上在現場工作的人，都是些年輕小夥子。我在這個業界也還算資淺，但是在我們公司裡已經擔任管理職位了，是現場的負責人喔。不只要顧作品的完成度，連預算到進度管理我都得看著。不過這個工作最有趣的地方，當然還是能實際參與現場作業呀。」

健兒臉上浮現複雜的神情。

「我有加入我們地區的業餘棒球隊，實在是搞不懂那些一心想當教練的傢伙腦袋到底在想什麼耶。如果當隊長至少還可以上場比賽，所以也不錯。不過教練這個位子到底哪裡有趣呀，我真的是完全無法理解。」

此刻，他像是終於突然回過神來。

「啊、對不起，這種時候我是講到哪裡去了。不過，要是真的活不了多久了，早知道我就不要當什麼管理職，做更多現場工作就好了——我現在突然覺得很後悔。」

從他的語氣聽來，俊一郎察覺到，原本健兒對死相都抱持著半信半疑的態度，但現在他似乎突然相信了。

這時俊一郎終於才用死視觀察健兒。他並非忘了此事，只是剛剛一直找不到好時機。結果如同預料，和茶木笙子相同。

「那麼，你覺得我有救嗎？」

無從得知自己剛剛才被死視看過的健兒，神態認真地詢問。

「……我現在還沒辦法說什麼。」

俊一郎原以為他會發火，但他只是苦笑著說：

「誠實講也好。我開始有種感覺，如果是你，應該可以救我們的命。」

接下來兩人運用所剩不多的時間，進行和茶木笙子那時相同的討論。不過完全沒有收穫。

第三個人是管德代，峰岸柚璃亞也陪同在旁。聽說她是特別向公司請假來的，確實是個為朋友著想的人。

俊一郎再度確認過德代的死相後，三人沒有多講一句廢話，全心投入討論，徹底將其他四人的資料和德代交互比對。不過，還是沒有得到顯著的進展。好像反而讓思緒變得更加混亂，俊一郎一顆心直往下沉。

「不管想幾次，我都覺得代子和出口秋生先生，實在是跟這場派對無關。」

柚璃亞直接地說。

「說起來，這兩個人應該都是局外人吧？」

「可是……」

德代低聲反駁。兩人身上也出現了和其他人相同的死相，這可是不爭的事實。

俊一郎內心有些猶豫，不過外婆在電話中講過的推測——搞不好管德代只是碰巧觸動了無邊館的咒術裝置這點——他倒是刻意不提及。他認為這樣只是白白給她一線希望，但對於解決眼前問題並沒有任何實質幫助。

俊一郎必須離開房間時，柚璃亞還想拉住他繼續討論，不過在曲矢用公式化口吻告知「時間到了」之後，他就朝第四個人佐官甲子郎的房間走去。

「你就是死相學偵探呀？」

甲子郎的反應，和至今的任何一個人都明顯不同。從他身上感覺不出對死相的懷疑或恐怖感受，或是對俊一郎這個人的任何情緒反應，似乎反而是對死相學偵探的活動抱持著異常高昂的興趣。

因此兩人的對話，也都是甲子郎在向俊一郎提問。你什麼時候開始看見死相的？是怎麼看呢？死相能分為特定幾個種類嗎？死相和死因的因果關係——甲子郎的問題如連珠砲般，一個接一個不停朝俊一郎襲來。

俊一郎一進到房間就立刻使用死視，在確認過甲子郎身上的死相並沒有消失後，就言詞簡短地持續回答對方的問題。他會採取這種反應，實在是因為他沒辦法對佐官甲子郎這個男人有什麼好感。

明明非常喜歡他執導的作品，但對導演本人的感想卻完全相反，這個情況讓俊一郎感到有些困惑。

雖然夫妻兩人已經準備要分道揚鑣，但自己老婆被那樣悽慘地殺害，他卻完全看不出有因此掛念傷痛的模樣。萬壽會醫院小兒科大樓的護理長也曾告訴俊一郎，甲子郎一次都不曾去醫院探望自己女兒。無論是作為一個丈夫，或是作為一個父親，這都太絕情了吧。而且本人還顯得毫不在意，他身上如實地散發出這種氣息。

你可以拯救日本國內所有出現死相的人嗎？

曲矢的話在心中鮮明浮現。更何況甲子郎並非一般路人甲，雖然他不是委託人，但毫無疑問就是涉案人士。不能因為個人對他的好惡，就把他丟著不管。

雖然遲了好幾拍，俊一郎還是開口催促甲子郎協助討論伍骨之刃的「伍」的含意。結果，這下他開始接連不斷地提出有關咒術的問題。

這個人是不怕死嗎……？

甲子郎實在太過於異常的言行舉止，讓俊一郎陷入莫名恐慌，剛巧這時，曲矢探出頭來宣告談話時間終止。俊一郎忍不住鬆了一大口氣，但緊接著下一秒——

「我想要採訪你，該怎麼跟你連絡才好？」

佐官甲子郎拋來這個問句，讓俊一郎打從心底冒出一股寒意。

他沒回答就逃離房間，直接走進第五個人，出口秋生在等待的那間房裡。

出口和聯合慰靈祭時相同，神情依舊顯得憔悴。他的身體應該復原了，但看似尚未從精神上的受創恢復。體格健壯卻臉色發青，看起來有種奇妙的不協調感，看了就讓人感到心酸。死相也仍舊牢牢地附在他身上。

他問了俊一郎以下兩個問題。

「關於恐怖殺人魔，有找到什麼新線索嗎？」

「為什麼我身上會出現死相呢？」

差點慘死劍下，他會想知道凶手的消息這也是情有可原。好不容易撿回一條命，卻又被告知自己再度遭受死亡威脅，為什麼會是自己……他心中的埋怨和委屈也能夠理解。

不過，不管哪個問題俊一郎都無法回答他。或許是明白了這點，出口突然閉口不再說話。那個模樣，看起來簡直像是超脫一切似的。

接受所有的一切，離開人世……

是因為瀕死經驗讓他領悟了什麼嗎？

面對一言不發的出口秋生，俊一郎在那裡坐也不是站也不是，最後不管時間還有剩，他走出了那間房間。

「你還好吧？」

曲矢立刻走近關心。

「你看起來很累喔。」

但俊一郎只是不置可否地點點頭，和曲矢快步走向新恒等著的那間會議室。因為那個瞬間，他心中突然靈光一閃，想到某個關於伍骨之刃的「伍」的可能性。

他一見到新恒，就立刻告訴他自己有個新推測，警部難得用興奮的語氣問：

「究竟是什麼？」

「我想到的是——如果第一輪無邊館案件，是向佐官甲子郎的《西山吾一慘殺劇場》致敬，那麼第二輪無邊館案件，搞不好也是選了佐官導演的其他作品當作參考。」

「原來如此，是哪一部？」

「超脫常理的恐怖片《斬首運動社》。」

「為什麼是那一部？」

新恒似乎已經看過該部片了。

「那部片的劇情，是將高中裡各個運動社團隊長斬首的故事。管德代讀高中時是網球部的隊長，出口秋生現在在運輸公司內的棒球隊當隊長。」

聽到這裡，新恒立刻接下去說：

「茶木笙子小姐在公寓大廈中組成的排球隊擔任教練，而且她國中和高中時都是隊長。石堂誠先生在學生時代，和佐官甲子郎先生一起創立了五人制足球同好會，兩人有可能是輪流當隊長。大林脩三先生曾經出場全國大賽游泳項目，就算那時擔任隊長也不奇怪。」

「就只剩下鈴木健兒了嗎？」

「他——」

聽到曲矢的喃喃自語後，俊一郎將方才健兒針對業餘棒球隊的教練和隊長所發表的看法說出來。

「也就是說，鈴木健兒過去也很可能當過業餘棒球隊的隊長囉。」

「連結第二輪案件可能被害者的字眼是『隊長』嗎？」

新恒陷入思考，俊一郎立刻回答。

「所以才會有很多人覺得……好像有人在叫自己。」

「這樣不就一切都說得通了嗎？」

「但是——」

「不過——」

與立刻接受這個想法的曲矢不同，俊一郎和新恒幾乎是同時打算開口否定這個看法。

「到底是怎樣啦。」

曲矢面露不悅，加上新恒比手勢示意，俊一郎不得已只好開口說明。

「黑術師會光為了這種事情就特地在無邊館施咒嗎？」

「你在說什麼呀。黑術師不是為了引發隨機連續殺人，就將五骨之刃交給凶手了嗎？」

「嗯，不過，那個只是把東西給他而已。但是要在像無邊館這麼大的建築物中，遍地布下規模龐大的咒術裝置，兩者花的精力可說是天差地遠。為了實現恐怖殺人魔的願望——而且還是向《斬首運動社》致敬這種不切實際的妄想——實在難以想像黑術師會願意做到這種地步吧？」

「……」

曲矢陷入沉默，新恒開口說：

「我也認為運動社團的隊長這個共通點，是一個很好的著眼點。只是，為什麼會選擇這個關鍵字呢？完全看不出凶手的動機。既然把事情搞得這麼大，總該有個特殊動機才對。」

「這個社會會稱他為恐怖殺人魔的凶手，不就是因為這裡都有點問題嗎？」

對著一手指著自己頭部的曲矢，俊一郎開口回應：

「你講的這點當然是事實，我想黑術師的瘋狂程度更是遠遠在恐怖殺人魔之上。但黑術師和僅僅是為了滿足自己的妄想而執行隨機連續殺人的恐怖殺人魔相比，應該更是狡猾了數百倍，他絕對不會做沒有意義的施咒這種事。」

「而且……」

新恒繼續補充。

「如果可能的被害者間的共通點真的是隊長這個關鍵字，我想黑搜課的搜查員應該早就發現了。」

「……這是當然的。」

曲矢頓了幾秒後，隨即表示贊同。又立刻轉頭朝俊一郎發難：

「你不要小看警察喔。」

「不管怎樣，先確認看看吧。」

新恒下結論後，就招喚部下前來，命他們去確認鈴木健兒和佐官甲子郎的球隊經歷，還有調查大林脩三當年在游泳隊的履歷。

不消多久，結果就出爐了。三個人都不曾擔任過隊長。

「這條路也不行嗎？」

新恒難得說喪氣話。俊一郎開口表示：

「我想要再去一次萬壽會醫院。」

「為了去見佐官美羽嗎？不過，她能說話了嗎？」

「上次她就說了『那個門』。」

「就算這樣，還不就只講了三個字。」

曲矢一臉無可奈何的表情。

「弦矢你直覺感到那三個字會是重要線索嗎？」

新恒開口確認，不過此刻，俊一郎只能含混地點點頭，因為他並非那麼有把握。

「真是靠不住耶。」

曲矢立刻吐嘈他，但新恒的反應截然不同。

「比起那幾位可能被害者的幾千幾百句話，佐官美羽的一句話，更有可能替這起案件打開新的局面——弦矢肯定是從經驗中察覺到這點吧。這種直覺也非常重要。」

「經驗？」

曲矢小小聲地諷刺。不過新恒似乎不以為意，立刻打算聯繫醫院。俊一郎雖然有些遲疑，但為了讓事情順利進行，還是將山口由貴的事告訴警部。

「那個時候的那個女人嗎？」

曲矢大聲地問。站在旁邊的新恒隨即撥電話給山口由貴，再等她回電告知今天的會面時間，毫無阻礙地就定下了和佐官美羽的第二次會面。

吃過遲來的午餐後，俊一郎先回去偵探事務所一趟。

「雖然時間還早，是沒關係啦，但你回去幹嘛？」

曲矢懷疑地追問理由，不過他只回答「有點事」帶過。我是因為有事情要拜託小俊——這種話他實在是說不出口。

一打開事務所的門，在沙發上睡覺的小俊喵地叫了一聲抬起頭，就像在對他說「你回來了」似的。

「我馬上又要出去。」

俊一郎一邊這樣回，一邊朝廚房走去，將藏在冰箱深處的竹葉魚板拿出來，切成容易入口的大小拿給小俊。

喵嗚、喵嗚、喵嗚。

小俊開開心心地大快朵頤，俊一郎在旁輕輕地對牠說：

「拜託你囉。」

不過，小俊心滿意足地吃完最喜歡的竹葉魚板後，就光顧著用舌頭舔嘴巴，對他的話沒有任何反應。

看到牠這副模樣，俊一郎不禁擔憂起來。

那隻虎斑貓，是你沒錯吧？

他不禁想出聲確認，這瞬間視線正巧和抬起頭的小俊對上。

喵？

在那雙圓滾滾雙眼的注視下，俊一郎覺得現在總之只能相信一切會順利了。就算那隻貓不是小俊，肯定也會現身的。

「那我先出門囉。」

小俊目送他的眼光中似乎藏著什麼深意。而俊一郎離開偵探事務所後，就坐進曲矢等著的便衣警車中，兩人直接前往佐官美羽住院的那間醫院。

抵達萬壽會醫院的小兒科大樓時，之前那位護理長和山口由貴出來迎接，讓兩人著實吃了一驚。那位護理長對待曲矢仍舊十分冷淡，不過似乎相當歡迎俊一郎，溫和親切地衝著他笑。

「之前你來過之後，美羽就慢慢開始會講一點話了喔。」

「這樣嗎？」

他終於明白為什麼護理長會對他這麼友善，而且這對兩人來說也是好消息。

不過，俊一郎和曲矢互看一眼，雙雙露出鬆口氣的表情時，護理長很抱歉似地說：

「但是，還是沒辦法講到那個案子。」

「……我想也是。」

這瞬間兩人的表情頓時凝重。不過，俊一郎有可靠的夥伴，現在只有那個希望支撐著他。

婉拒護理長與山口由貴帶路後，俊一郎獨自往佐官美羽的病房走去。他在病房門前停下腳步，先深呼吸後才開門進去。

「午、午安。」

雖然已經是第二次，但他還是緊張到手心都冒汗了。不過，美羽的反應則截然不同。

「啊，是小俊喵的大哥哥。」

她一看到俊一郎就開朗地叫他。雖然自己成了「貓咪小俊」的附屬品這點讓人有些不是滋味，不過她情況特殊，實在不能太計較。

但是，就不能至少叫個「偵探大哥哥」嗎……？

俊一郎忍不住在心中發牢騷，這瞬間腳邊出現熟悉的氣息。

啊……

他低聲驚呼時，那隻虎斑貓就現身了。

「小俊喵！」

那瞬間，美羽開心地小聲叫喚貓咪的名字。

貓咪快步走近床邊，輕巧地躍到床上，喵喵喵地撒嬌，和小女孩玩成一塊兒。

果然是小俊……吧？

雖然還是無法確定真相，但俊一郎神情柔和地微笑凝視著美羽和貓咪玩耍的模樣。

這次他完全沒有打算要主動提起那起案件。他是個偵探，正在調查那個案子，而且現在在尋找線索，這些事情上次都已經跟美羽說明過了。就算不重複講一次，小女孩應該也還記得很清楚。

就等這個孩子自己願意開口吧。

俊一郎早就拿定主意。話雖如此，他也不能在這裡等到天荒地老。和上次一樣，先等小女孩和貓咪玩個夠，他再主動告辭，如果那時女孩願意開口最好，如果不行的話就放棄。是福是禍就賭這一把。

美羽大概和貓咪玩了五分鐘之後，就開始注意到俊一郎的存在，頻頻偷瞄這裡。這個反應和上次相同。

「還有時間喔。」

在這句話後，儘管她還是注意著俊一郎，不過又開始和貓咪玩得不亦樂乎。不管怎樣，她到底只有四歲。

不，她年紀雖然小，但搞不好其實深深了解現在的情況。

俊一郎有這種感覺。這樣說雖然不太好，但俊一郎正是看中這一點，把希望放在她和一般四歲小孩不同的成熟心境。

又過了五分鐘。就算他有特別許可，但也該結束會面時間了。

「美羽，小俊喵差不多該回去了喔。」

「為了要幫忙偵探的工作嗎？」

她語調明朗地問。俊一郎大吃一驚。似乎正如護理長所言，美羽正以驚人的速度恢復中。

「沒錯喔。」

「小俊喵很哩嗨嗎？」

乍聽之下聽不懂，不過在腦中思考片刻後，俊一郎不禁笑了。

「嗯，他作為偵探的助手，非常厲害喔。」

「好棒，你好棒喔。」

小女孩輕輕撫摸虎斑貓的頭，貓咪露出享受而愉快的表情。

「那大哥哥就先回去囉。」

俊一郎邊說邊轉身背對美羽，從這一瞬間到伸手握住門把的短短兩、三秒鐘，就是關鍵時刻了。如果小女孩還是什麼都沒講，就只能乾脆地放棄。不過，俊一郎還是懷抱著希望。

「……關。」

如他所料，背後傳來美羽的聲音。

「……起。」

和上次相同的說話方式，簡直像是一個字一個字從喉嚨深處費力擠出來的感覺。

「……來。」

只有三個字就結束這點，也和上次一模一樣，而且小女孩說出來的動詞，跟上次講的「那個門」能夠組合起來。

……關起來。

也就是說，應該有東西在她眼前從原本打開的狀態「關起來」了？

……那個門，關起來。

只是現在仍舊搞不清楚，那扇門是電梯門還是廁所門，兩者都有可能。

到底是其中哪一扇呢？

在關上的那扇門另一頭，美羽究竟看見了什麼？

俊一郎佇立在原地，一時渾然忘記小女孩和小俊的存在，只是深深地、深深地，陷入這個問題之中。

十六　下一位犧牲者

星期五傍晚，茶木笙子從旭書房準時下班，在JR水道橋站搭上各站皆停的普通電車，還不習慣的擁擠車廂讓她感到煩悶不悅。

平常根本不會這個時間回家呀。

因為彈性工時，她早上只要十點到公司就好了。如果有事需要先在外頭處理，抵達公司的時間就會更晚。加班則是家常便飯，每個月大概有三分之一的日子是趕最後一班電車回家；剩下的三分之二也沒辦法早點回家，她總是九點十點還待在公司，因公外出忙到很晚，再直接從外頭回家的次數也絕不算少。

結果今天居然準時下班。

早點回家的理由當然是因為……夜路很嚇人。

剛進十二月中旬時，只要一到日落時分，天色就會一口氣暗下來。因此就算準時回家，還是必須走過昏暗的夜晚道路。只是這個時間呢，從電車裡擁擠的程度就能明白，要回家的人非常多。

笙子住的「高地集合住宅」從武藏小金井站得走上二十分鐘。下車後的歸途中，離車站越遠，路上要回家的行人數量通常也就越少。常常一回過神來，不知何時路上只剩下她一個人。到集合住宅還有一段距離，她卻得一個人獨自走過幽暗蕭條的這段路。

話雖如此，只要不是特別膽小的人，到了這個年紀，通常是不會害怕晚上獨自走在外頭。因為她的工作性質，又常常忙到半夜才回家，自然是早就習慣了。

不過，在人煙稀少的夜路上，感覺到背後有讓人心底發毛的視線在盯著自己，聽到跟在自己身後的腳步聲，空氣中突然飄出類似生蛋腐敗的臭味，還傳來搞不懂在講什麼的竊竊私語聲……這些體驗接二連三地出現，究竟是怎麼回事呢？

而且剛好在同一個時刻，警方突然要求自己出席無邊館殺人案的聯合慰靈祭，在那裡不僅被告知自己身上出現死相這種令人難以置信的話，他們還說最近的一連串怪異現象也和那有關，一切都是從那起案件開始的……這到底是怎樣呀？

笙子當機立斷將原本夜貓子的生活習慣改成晨型人的工作方式。一大早就到公司，然後每天準時下班，要是這樣工作還做不完，就把工作帶回家處理。一開始身體無法立刻適應新的節奏，每天都覺得十分疲倦。不過現在反而發現晨型人的工作方式更有效率，這幾天甚至開始考慮能不能再提早一點到公司，然後傍晚就下班呢？

因為最近歸途夜路上，那些怪異現象突然明顯變得更加頻繁且清晰。

緊緊地盯著自己的纏人視線。

噠噠噠……在周遭響起的嚇人腳步聲。

令人胃部翻騰作嘔的濃烈臭味。

咻咻咻……像是撕裂空氣般的竊竊低語聲。

這些現象變得越來越強烈，越來越靠近她。確實地一步步逼近。

找警方求救後，警察答應會在旁邊保護她。一開始著實令她感到安心，不過一明白這沒有任何幫助後，現在她都會拒絕警察的好意。那些貼身保護自己的警察，似乎完全不能理解這一連串的怪異現象，這樣一來，貼身護衛根本就沒有意義。

其實笠子甚至還想過，乾脆向公司請一週左右的假，逃回老家避難好了。

既然警方都採取行動了，那麼死相和黑術師這類原本她斥為無稽之談的東西，恐怕是真的存在。然而自己卻好像什麼事都沒發生過般，一如往常地上下班。無論怎麼想都覺得實在太奇怪了。

可是……

一旦真的要休假，內心卻又感到抗拒，這也是不爭的事實。請假理由自然有辦法硬掰出來，可是心裡某處不禁會想「就為了這種事情？」而感到遲疑。不，還是應該說是懷疑呢？

自己身上出現死相……

明明應該已經接受了這個難以置信的說法，可一旦面臨請假這種實際問題後，她難免又陷入猶豫。是因為降臨到自己身上的災厄，實在太過超脫現實了嗎？

……那個小男生。

一開始注意到弦矢俊一郎，是在聯合慰靈祭的簽名桌。他坐在桌子後方，一個眼神兇惡的男性旁邊，用簡直像在仔細觀察的眼神，一個一個凝視著每位排隊簽名的人。當然那時完全不曉得他是誰，又在做什麼，只是奇妙地在腦海中留下了一個印象。

已經不是小男生的年紀了呢。

可是，要稱他為年輕男子，又總讓人覺得還稚氣未脫。那該說是一種不穩定的天真氣質嗎？甚至讓人覺得不安，要是沒有人好好看著，他可能就會偏向不得了的方向。

即使昨天在警視廳和他近距離碰面後，這種感覺也沒有改變，反而可能變得更為強烈。明明兩人是在討論自己身上的死相，但自己內心某處好像老是在擔心他。這該不會是母性本能吧？

令人覺得不可思議的是，從弦矢俊一郎身上感覺到的那股不穩定的氣質，完全不會讓人懷疑先前警方所說的，他身為死相學偵探的能力。反而可說明明他外表看起來一點都不可靠，但卻莫名地令人感到安心。

如果是這孩子的話，說不定可以救我一命。

儘管在和他對話時，好幾次都陷入絕望深淵，但腦中還是常常浮現這個念頭。一點根據都沒有，簡直就是莫名其妙。

不過，可能還是太勉強了……

電車抵達武藏小金井站，笙子和不少乘客一起下車，走出車站，往當地稱作「板下」的南方前進，內心突然浮現不安。

自己何時會死呢？

無論是警方或俊一郎，都沒有回答這個疑問。可能是因為無法預設死亡時間，也可能是他們認為告知當事者答案實在太過殘忍，原因應該是這兩者其一吧。只是，笙子深深感到那個時間已經相當接近了。

像這樣踏上歸途，走在行人越來越少的夜路上，她就一定會浮現這個想法。

搞不好就是今天晚上……

每次內心出現這個駭人念頭時，她都會開始自責，幹嘛不把工作丟下跑回老家就好了？不過警方曾經告訴她，無論她逃到哪裡去，都沒辦法逃開這個威脅。一開始她懷疑這只是警方為了避免相關人士散落各地，想將他們聚在附近管理的說辭，不過恐怕是事實吧。

但是，在沒有家人朋友的土地上，孑然一身地死去，這未免也太令人傷感。這樣一來，在老家和父母弟妹、貓咪與狗兒一起短暫生活，在他們的陪伴照顧下離世說不定還好得多。

可是……

這並非病死，而是遭到莫名其妙的蠻橫咒術殺害，不該讓家人看到這種殘酷的畫面吧？這樣會讓大家必須承受，比僅僅是單純失去女兒或姊姊更為劇烈的悲傷和痛苦。

此刻，突然，笙子感覺到那道令人發毛的視線。不過，至今都是從陰影處偷偷摸摸窺視的感覺，今晚的感受卻是，對方光明正大地站在馬路正中間，目光銳利地牢牢盯著她的背影。

她下意識想要回頭，但笙子轉身到一半就打住動作。既然不曉得會看到什麼恐怖的畫面，就不該隨便回頭看。

噠、噠、噠……

接著，那個驚悚的腳步聲從背後傳了過來。那雙不懷好意視線的主人，跟在她身後一步一步走著。

噠噠噠……

那股氣息突然從後方朝她逼近，一口氣縮短距離，正打算追上她。

和平常不同！

笙子加快腳步，兩腳同時止不住地顫抖。

我得趕快擺脫那傢伙逃走。

她正要拔腿狂奔時，突然聞到一股異臭。那股臭味立刻轉為劇烈惡臭，牢牢包圍住她，令她不得不停下腳步。

我要吐了……

笙子不自覺地在原地蹲下，頭上空氣中傳來銳利的聲響。

咻、咻……

那才不是什麼竊竊私語，簡直就像是鋒利刀劍在空中快速揮舞的嚇人聲音。

下一個瞬間，她脖子後方冒出雞皮疙瘩。簡直就像有冰水沿著脊椎往下滑過，背部肌膚也一路往下冒起一粒粒雞皮疙瘩。

那道銳利視線刺得她後頸都發疼起來。

噠……那個腳步聲在她正後方軋然停住。

而那令人作嘔的異臭，越發強烈刺鼻。

咻、咻……有什麼令人畏懼的東西，正朝著她向下揮動——

啊，我要死在這種地方了……

就在深切絕望淹沒了茶木笙子的瞬間——

「×××！」

後方突然傳來一聲大喊，一聽到那幾個音節，她突然覺得有人在叫自己。

就在那時，所有駭人氣息都煙消雲散。

她驚魂未定地慢慢回過頭去，站在身後的人，是露出慌亂表情的弦矢俊一郎。

十七　真相

「今天非常感謝各位聚集在這裡。」

弦矢俊一郎用開朗的聲音向眾人打招呼。不過，神采奕奕的只有他一個人。其他在場的所有人都露出十分不安的表情。不在此列的，大概只有擺出撲克臉的新恒警部和皺眉不悅的曲矢刑警吧。

星期五傍晚，俊一郎在千鈞一髮之際救了茶木笙子一命。那之後又過了兩天，星期日的下午，他將所有案件相關人士聚集在一起。集合地點居然選在那棟無邊館的一樓大廳。

「為什麼要在那裡啦？」

俊一郎事先提出要求時，曲矢開口抱怨。

「要說為什麼，當然是為了解決案件呀。」

「所以我是在問，為什麼一定要在無邊館說明？」

「因為一切都是從那棟宅邸開始的呀。」

「就算這樣，也沒有必要特地把相關人士聚集在案發現場吧。還是你有什麼非得這樣做的理由呢？」

「當然是為了替解開謎團製造氣氛。」

「你、你這混帳。」

曲矢就要爆發怒氣時，新恒開口說著「好了好了」來安撫他。原以為新恒會接著再次向俊一郎確認，沒想到他爽快地一口答應他的要求。曲矢大感意外，不過既然警部已經同意，他也沒有立場再多說什麼。

因為這樣，曲矢現在才會臭著臉坐在事先搬進大廳的折疊椅上。坐在旁邊的新恒，半點都沒展露出自己的情緒，所以讓刑警的惡劣心情更加顯眼。

不過，完全沒有人注意到宛如對照組般的兩人。所有人的視線都集中在獨自站著走來走去的弦矢俊一郎身上。

這天，聚集在此地的人有被認為是第二輪無邊館案件可能被害者的旭書房茶木笙子、關東特殊造型的鈴木健兒、天谷大學的管德代、恐怖電影導演佐官甲子郎和金丸運輸的出口秋生這五個人。

還有鈴木健兒的姊姊，和茶木笙子住在同一棟公寓大廈，隸屬於同一個排球隊的井東佐江、管德代的好友峰岸柚璃亞、和她們兩人一起去無邊館探險的長谷川要人及湯淺博之、第二輪無邊館案件中第一位遇害的螺旋劇團石堂誠的妹妹石堂葉月，還有出口秋生的公司同事大橋明這六個人。

再度簡單介紹每個人的身分後，俊一郎意味深長地說：

「換言之，不算身為偵探的我，現在這裡有十三個人。聚集在無邊館這棟發生過這麼多事的地點，人數居然偏偏是十三人……」

這瞬間，每個人都互相看向身旁人的臉，但只要眼神一對上，就又急忙轉開。簡直就像是在害怕，如果直直盯著對方，就會看到那個人身上的死相一樣……

轉瞬間詭異的氣氛就於坐在大廳中的人群中蔓延開來。

「白癡喔。」

曲矢只用了三個字，就打壞了那股異樣氣氛。

「那十三個人裡面，不是還有警部和我嗎？如果身為偵探的你不算，那應該警察也不算才合理吧。」

「我是這樣想沒錯，但這樣就不是十三個人了——」

「偵探遊戲需要的氣氛營造差不多就好，快點給我開始說明案件的謎團啦。」

「我明白了。」

只要一到解決案件的場面，俊一郎就會像變個人似地，講每一句話的態度都變得十分親和。曲矢歪著嘴不滿地望著這樣的俊一郎，和他不同，新恒似乎覺得這種變化很有趣，但此刻他得先插嘴確認一件事。

「就像事先向大家連絡時說的那樣，死相已經消失了——是這樣沒錯吧？弦矢你實際確認過的只有茶木笙子小姐一個人而已，所以為了保險起見，請你現在再次確認一下。」

「沒問題。第二輪無邊館案件可能被害者的所有人身上，死相都已經消失得一乾二淨了。大家今天到這裡來時，我一開始就確認過了，肯定沒錯。請各位放心。」

這個瞬間，和無邊館這個毛骨悚然的地點完全不搭調，讓人鬆了口氣的安心感在大廳中擴散開來。眾人環顧周遭，無論眼睛對上誰，都大方地與對方相視而笑。

「是怎麼讓它消失的呢？」

峰岸柚璃亞開口詢問，茶木笙子接著說：

「那個時候偵探先生朝著我大喊的話，就是所有人身上共通的關鍵字對吧？代表著好像是叫作伍骨之刃的那個咒法的『伍』……」

「沒錯。」

俊一郎點頭表示同意後，終於開始觸及解開案件謎團的部分。

「這次的案件非常特殊的一點是，同時發生了兩起案子，一個是無邊館舉辦的，在《恐怖的表現》展覽開幕派對上發生的隨機連續殺人案件，令一個是後來發生的第二輪無邊館連續殺人案件。」

「無論哪個案子都和黑術師有關。」

新恒一說出那個名字，一股無聲的騷動流竄在眾人之間。

「沒錯。一開始的案子使用了五骨之刃，後來的案子則是實行了同音異字的伍骨之刃咒術。因此這兩起案件的幕後黑手都是那個黑術師這點，我認為肯定沒錯。不過，我一直都覺得有點奇怪。」

「第一輪和第二輪案件的手法相差太多嗎？」

新恒開口確認。

「正如警部所言。搞不好我們其實都搞錯了一件很重要的事。」

「什麼事？」

曲矢語氣帶刺地冷淡發問。

「把第一輪和第二輪案件的凶手看作同一個人。」

「……你說什麼？」

不只曲矢，連新恒和其他人都露出一種「你現在在說什麼？」的疑惑表情盯著俊一郎看。

「黑術師在第一輪案件中，將五骨之刃交給恐怖殺人魔。凶手使用那組特異的凶器，引發了一場有如佐官導演的《西山吾一慘殺劇場》的隨機連續殺人案件。不過最後以失敗收場，因此黑術師又將另一套伍骨之刃交給恐怖殺人魔，協助他成功執行第二輪的無邊館案件——這是我們原本的解釋。可是，比較這兩起案件，總是讓人覺得不太對勁。一開始明明就讓恐怖殺人魔自行動手殺人，為什麼雪恥時卻不讓他親手執行呢？既然是雪恥，如果不是本人親自動手不就沒有意義了嗎？」

「之所以沒有這樣做，是因為凶手不是同一個人？」

聽到曲矢的問題，俊一郎點了點頭。

「不過，為什麼需要換一個凶手……啊，是因為他失敗了吧。所以黑術師對恐怖殺人魔失去耐性，找了一個新的凶手……這不是有點奇怪嗎？」

「嗯，的確有點奇怪呢。」

俊一郎露出溫和的微笑，繼續說了下去。

「我不認為黑術師有理由對無邊館案件特別執著。就算說計畫失敗了，那也是從恐怖殺人魔的角度來看；對黑術師來說，只要能引發悽慘案件就好。那麼從他的立場來看，奪去四條人命的無邊館連續殺人案件，肯定是歸在成功那類吧。」

「說的也是。」

「要是第二輪無邊館案件是為了雪恥才連續殺人，那為什麼不更早重啟行動呢？根本沒有必要等第一起案件過了大約七個月以後才開始不是嗎？」

「那麼，為什麼黑術師要在這個時期引發第二輪的無邊館案件呢？」

「因為他在那個時間點才發現，有某種殺意因為第一輪案件而誕生了。」

「咦？」

曲矢大感詫異，旁邊的新恒開口追問：

「你是說，會發生第二輪的案件，原因是在第一輪案件裡嗎？」

「沒錯，第二輪案件的凶手的動機，就藏在第一輪案件裡。」

「那個凶手到底是誰？」

「佐官美羽小朋友。」

現場每個人都驚訝地說不出話。不過曲矢立刻開口反駁——

「喂，對方是個只有四歲的小女孩喔。」

「所以黑術師才給她另一個伍骨之刃，這樣本人就沒必要親自動手。不，更重要的是，如果不是伍骨之刃，就沒辦法順利處理美羽的殺意。」

「這是什麼意思——」

曲矢疑惑地追問，但新恒少見地打斷他的話，表情極為嚴肅地詢問俊一郎。

「佐官美羽恢復意識，是在上上週的週四。差不多是在第一起無邊館命案發生的七個月後……你是指黑術師去找她了嗎？」

「應該不是本人親自去吧。」

「那個我們認為是他手下的黑衣女子嗎？」

「護理長有說過，比起美羽的家人，更常有命案遺族去看她。不過為什麼護理長會認為去探病的人是命案遺族呢？」

「因為那個女人穿著如喪服般的黑色衣服……」

「我也是這樣猜。」

「石堂誠死去的五天後，大林脩三也過世了。再隔五天後，茶木笙子小姐遭到攻擊。」

新恒的語氣顯得意味深長，俊一郎接著說：

「從石堂誠過世那天往回推五天，剛好就是佐官美羽醒來那天。」

「原來如此。」

「不過我會懷疑美羽，是因為她說的話。」

「……那個門，關起來。」

曲矢喃喃重覆那六個字。俊一郎順勢說明兩度在病房中和佐官美羽的對話後，又接著說：

「可以推想那扇門指的應該是，從美羽她媽媽佐官奈那子遇害現場能夠看到的，廁所或是電梯的門。廁所是恐怖殺人魔躲進去換衣服的地方，電梯則是殺人魔逃走時使用的吧。」

「無論是哪個，美羽可能在那時看到或聽到了什麼能揪出凶手的線索。可是，還沒辦法光因此就鎖定凶手是誰。所以打算使用伍骨之刃，將所有符合那個線索的人物全部都殺掉。不，當然是黑術師慫恿她這麼做的吧。」

「伍骨之刃的使用方式很適合她的情況。」

聽到曲矢的意見，俊一郎表示肯定，又說：

「有好幾個大人都有看到恐怖殺人魔，但卻沒有任何一位能提供找出凶手真面目的情報。就算說美羽當時人在犯案現場，但是我不認為事情有這麼剛好，才四歲的美羽能發現什麼別人沒注意到的線索。」

「這個……」

「而且美羽她開口說的『那個門，關起來』這句話，無論我怎麼反覆推敲，都覺得與尋找凶手的線索相差甚遠。就算她真的曉得什麼關於凶手的訊息，但後來發生了更具衝擊性的情況，因此她用這句話想表達的，比起要緊的線索，應該是那個強烈烙印在記憶中的某件事吧——我是這樣想的。」

「那個有衝擊性的情況指的是什麼？」

「遭受恐怖殺人魔攻擊的佐官奈那子小姐在那時，拚命懇求正打算搭電梯逃走的人幫助美羽，然而電梯門卻在她們眼前無情地關上……這個情況。」

「怎麼會……」

大廳四處傳來倒抽一口氣的聲音。

「我聽說除了電梯門，電梯按鈕上也沾滿佐官奈那子小姐的血指印。想必當時她一心一意希望對方至少能讓年紀還小的女兒搭上電梯，才會拚命按電梯，拍打電梯門吧？」

「換句話說，美羽看見的——」

「不是命案凶手，而是目擊者。不過她——想必是因為當時狀況過於混亂吧——並沒有看到對方的臉。搞不好連對方的模樣都沒能看到，所以完全不知道對自己和媽媽見死不救的人究竟是誰。」

「不過，卻有什麼線索嗎？」

「沒錯。電梯中除了那位目擊者，恐怕還有另一個人吧。這頂多只是我的想像，對於為了自保而慌忙關上電梯門的目擊者，另一個人要是出聲抗議的話——」

「會、會叫對方嗎？」

「我是推測有這個可能。」

「叫什麼？」

「KANTOKU。」

現場眾人的反應分為兩類，有人露出恍然大悟的表情，也有人臉上神情顯得驚訝不已。

「對於美羽來說，『KANTOKU』指的自然是身為恐怖電影導演（註10）的爸爸佐官甲子郎先生。不過在無邊館派對中，其實還有其他符合『KANTOKU』這個稱呼的人出席。黑術師親切地將這個事實告訴美羽，並將另一組伍骨之刃交給她。」

「為了要向對母親見死不救的目擊者復仇嗎？」

「對。石堂誠先生在螺旋劇團中擔任製作人與舞臺監督，大林脩三先生則是金融廳監督局的員工。鈴木健兒先生任職的關東特殊造型，簡稱是關特。茶木笙子在同一棟公寓大廈住戶組成的排球隊中擔任指導工作，就算有人叫她教練也並不奇怪。（註11）」

茶木笙子和井東佐江立刻點了點頭。

「佐官甲子郎先生是恐怖電影導演，而出口秋生先生則是《恐怖的表現》展覽的現場監督。如果無邊館派對中有邀請其他電影導演出席，搞不好早就能找出『KANTOKU』這個關鍵字了。不過實際上只有佐官導演一個人在現場。」

俊一郎查覺到曲矢一臉有話想反駁的模樣，立刻搶先繼續說明。

「當然，舞臺監督、球隊教練、電影導演、金融廳監督局、公司簡稱還有工作現場的負責

註10：導演的日文漢字是「監督」，念做「KANTOKU」。

註11：「舞臺監督」的「監督」，讀音自然也是「KANTOKU」；關特的日文發音也是「KANTOKU」；而日文中「監督」也有球隊教練的意思。

人，雖然同樣念作『KANTOKU』，但意思截然不同。根本不會有人想到這些東西能歸屬於同一分類吧。而且後面幾位，基本上不會有人稱呼他們為『KANTOKU』。不過，黑術師在無邊館設下的咒術裝置，無法做到那麼精確的篩選，因此只要是擁有『KANTOKU』這三個音節的相關記憶的人，都會被挑選出來。」

「意思就是，她……」

曲矢邊說邊看向的是，管德代。

「嗯，我想是在『KANTOKUYO』這個名字中的『KANTOKU』這三個音節，讓那個咒術裝置有了反應。（註12）」

「這又不是在講諧音字冷笑話。」

對於露出不可置信鄙視表情的曲矢，俊一郎相當認真地回答他。

「這件事其實也有個合理的原因。管德代小姐並不喜歡自己的名字，她抗拒的是『管』和『德』這兩個字。因此，從剩下的『代』發想，讓身邊親近的人叫她『代子』。也就是說，從『管德代』中去掉『代』，就會是『管德』。那個咒術裝置一定是感應到了她的潛意識。」

「所以才會入選嗎？」

新恒似乎接受了這個講法，接著說：

「在場有好幾位人，雖然在夢境或現實中感覺到有人在叫自己，後來又認為可能是自己搞錯了。這是因為平常他們並不習慣『KANTOKU』這個稱呼方式吧？」

「沒錯。還有，在電梯上的另外一個人，之所以沒有以目擊者的身分出面提供情報，可能是因為遭到那位『KANTOKU』威脅封口，或是自己本身也不想惹上麻煩吧。」

「也就是說——」

曲矢臉上浮現了複雜的神情說：

「黑術師幫忙佐官美羽復仇這樣嗎？不，當然這並非可取的事。不過從美羽的角度來看，事情就不同了吧。」

「並不是這樣。」

俊一郎的語氣突然變得嚴肅。

「哪裡不對？」

「因為黑術師恐怕早就知道目擊者是誰了。」

「為什麼？他使用特殊力量調查的嗎？不這樣做的話——」

話說到一半，曲矢似乎也明瞭目擊者的真面目了，開始頻頻瞄向某個人的臉。

註12：「管德」的日文發音也是「KANTOKU」。

「就像曲矢刑警現在也注意到了，要鎖定目擊者身分相當容易。在金融廳監督局工作的大林脩三先生、關特的鈴木健兒先生、金丸運輸的出口秋生先生這三位，就像之前說過的，基本上不會有人用『KANTOKU』來稱呼他們。想當然耳，這一點管德代小姐也相同。」

鈴木健兒和出口秋生兩人都點頭表示同意後，管德代也慌忙跟著點了下頭。

「有可能這樣被人稱呼的是舞臺監督石堂誠先生、排球隊教練茶木笙子小姐、還有恐怖電影導演佐官甲子郎先生這三位。不過派對當天，現場真的會有其他賓客用『KANTOKU』來稱呼石堂先生和茶木小姐嗎？」

「應該沒有。」

井東佐江說：

「關東特殊造型中有參加那場派對的，只有我弟弟一個人。公寓排球隊的人，當然也沒有任何人在現場。」

「剩下的就是，佐官導演你了。」

這句話一說完的瞬間，峰岸柚璃亞立刻拉著坐在佐官甲子郎左手邊的管德代移動座位。坐在他右邊的出口秋生則是在瞄了佐官一眼後，就逕自低垂著頭。

幾乎現場所有人都朝殘忍地對自己老婆和女兒見死不救的佐官甲子郎投以嚴厲的視線。其中，新恒臉色相當嚴峻地說：

「關於黑術師在無邊館設下的那個咒術裝置，搞不好他一開始就沒有打算要將搜尋關鍵字『KANTOKU』的能力設定得非常精確。黑術師反而應該希望能挑出越多人越好吧？」

「肯定是這樣沒錯。」

俊一郎立刻表示贊同。

「因為黑術師之所以會將五骨之刃交給恐怖殺人魔，又讓佐官美羽使用另一個伍骨之刃，都是為了引發在社會上造成軒然大波的命案。不，社會上的人有什麼反應，搞不好他根本無所謂。將人類所擁有的私心慾望和怨恨意念轉化成殺意，促使悽慘的案件發生，這恐怕才是黑術師真正的目的吧。」

「這也算是一種恐怖分子了。」

聽到新恒這句話，原本所有人集中在佐官甲子郎身上的注意力，看來似乎一口氣移轉到令人發毛的謎樣黑術師身上了。

「……不好意思。」

此時金丸運輸的大橋明遲疑地舉起手。

「什麼事？」

俊一郎轉頭看向他，他露出困惑的表情說：

「你剛剛說，我們公司的出口和其他人的共通點是『KANTOKU』這個關鍵字……可是出口前輩應該不符合那個條件。他確實經常擔任現場負責人，不過並不是現場監督那種感覺，從來沒有人這樣叫，當然我們也不會這樣稱呼他。雖然也有其他人和出口一樣，不會被稱作『KANTOKU』，但至少『KANTOKU』這個詞都包含在他們的職稱或名字裡。可是出口前輩不同，沒錯吧？」

大橋明的最後一句話，是對著公司前輩出口秋生問的。

「……你這麼一說，確實是這樣沒錯。」

本人也認同大橋的意見，不過他的反應相當遲鈍恍惚，看起來像是認為既然死相已經消失了，那其他事情都無所謂一般。

不過，大橋好像並沒有因此而滿意。

「出口的工作，可能有些接近現場監督，不過公司那邊並沒有這樣想吧，而且同樣身處現場的我們也是如此。通常都是叫『出口』，要用頭銜來稱呼時，則是喊『主任』。總而言之，『KANTOKU』這個詞，根本和前輩毫無關連。」

接著，大橋表情困惑地問：

「可是為什麼出口身上會出現死相呢？」

對於這個問題，俊一郎用理所當然的口吻回答：

「當然是因為他就是恐怖殺人魔呀。」

現場一瞬間靜止，坐在出口秋生右側的大橋明發出「嗚呃」的奇妙聲音。就連被揭穿是佐官奈那子遇害現場目擊者時都紋風不動的佐官甲子郎，也睜大雙眼詫異地盯著出口看。

在場所有女性都立刻坐得離出口秋生和佐官甲子郎兩人遠遠的。相反地，新恒和曲矢移動座椅，將兩人包夾在中間。

「這傢伙是被害者吧？而且還是第一個遇害的？」

雖然信任俊一郎的推理，但曲矢仍舊感到難以置信，忍不住出聲確認。

「不，第一把凶器長劍使用的時間點在最後，是第五個。」

「最後？這是什麼意思？這傢伙打算偽裝成被害者，好讓自己完全不會有犯案嫌疑嗎？因此差點送命嗎？這不合理吧。而且，如果他真的做了這麼瘋狂的事，應該不是用第一把凶器長劍，而是用第五把凶器鋸子吧？」

「其實五骨之刃並沒有規定一定要從第一把凶器長劍開始使用。所以他就按照自己所喜愛的佐官導演的《西山吾一慘殺劇場》來執行連續殺人。」

「這個意思是？」

「他在彌留狀態被人發現時，嘴上喃喃說著『NISHI……SEI……ZAN』。警方和我原本都認為這可能是因為他在意識朦朧的狀態下，突然搞不清楚『西山吾一』的『西山』應該要念作『NISHIYAMA』還是『SEIZAN』。」

「也就是說，這傢伙之前說他聽到恐怖殺人魔講這幾個字的證詞都是在鬼扯嗎？」

「在神智不清的狀態下，不知不覺說出來的話，後來也不可能收回，只好撒謊蒙混過去吧。」

「那麼，這到底有什麼含意？」

「使用凶器的順序。他將『西山吾一』換成音讀的讀音『NISHISANGOICHI』。也就是『二、四、三、五、一』（註13）。因此，五骨之刃這幾個凶器的使用順序其實是第二把凶器鐮刀、第四把凶器長槍、第三把凶器斧頭、第五把凶器鋸子，最後才是第一把凶器長劍。」

新恒接著說話的語氣像是接受了這個說法。

「所以原本我們認為是第一個案發現場的『棄屍』和第二現場的『悚然視線』，才會都在建築物的一樓東側吧。其他命案現場都離得很遠，只有這兩個這麼接近，原本讓人十分不解呢。」

「實際的犯案順序應該是這樣。他先到建築物東側一樓的『悚然視線』房中，用第二把凶器殺害恐怖小說家宵之宮累小姐，接著再到同樣在東側二樓的『竊竊私語的怪聲』裡，用第四把凶器長槍將性感寫真偶像兼女演員的矢竹瑪麗亞小姐刺死。第三次下手是移動到二樓西側『百部位九相圖』的房間內，用第三把凶器斧頭奪取人體工房福村大介先生的性命。第四次則是回到二樓東側走廊的電梯前，用第五把凶器殺了佐官奈那子。」

「我們之前認為凶手刻意悠哉地在無邊館內四處橫越，是因為我們搞錯了連續殺人的順序嗎？」

「其實他的移動方式相當有效率。」

「第二輪的無邊館案件也相同吧。石堂誠先生身上的紅腫，是第二把凶器鐮刀留下來的，而非第一把凶器長劍。大林脩三先生遺體上會有遭到刺擊的痕跡，是因為凶器是第四把的長槍。也就是『西山吾一』中的『二、四』。」

「我回到第一輪案件一下——」

打斷新恒之後，曲矢就眼神銳利地瞪著出口秋生說：

「在殺害第四個人之後，這傢伙搭電梯移動到一樓『棄屍』那間房間，在那裡偽裝成被害者，用第一把凶器長劍刺進自己的肚子嗎？」

他問俊一郎。不過——

「不、不是這樣。」

「什麼？」

註13：日文中一～五的音讀分別是 ICHI、NI、SAN、SHI、GO。

「他是在二樓走廊的電梯前面，受到佐官奈那子小姐的反擊。」

「咦？」

「佐官奈那子小姐為了保護美羽，恐怕是拚上全身力氣。這頂多只是我的推測，但在攻擊她的過程中，出口不小心把包著五骨之刃的袋子掉落在地上了吧？」

「的確，電梯前的案發現場，留下了包過五骨之刃的布袋。」

「那個袋子裡面，當時還有最後一個凶器，就是編號第一把的長劍。奈那子小姐立刻抓起長劍朝他的腹部刺去，傷口相當淺。但因為她的反擊，出口心生害怕打算逃走。可是他一轉過身，奈那子小姐就朝他背後狠狠砍去。這樣下去可能反而會被殺死，所以他打算補上最後的致命一擊，但奈那子小姐可沒有乖乖挨打，他腹部受到深重刺傷，有致命可能。」

「他會去廁所將恐怖殺人魔的服裝割得亂七八糟，還用自己的衣服止血，都是因為這樣吧。」

聽了新恒的想法，曲矢陷入片刻思考，不過似乎立刻就同意了這個看法。

「為了掩飾服裝上的傷口，所以必須割開嗎？原本事先擺在廁所、替換用的衣服，也因為腹部上插著一把劍，沒辦法直接穿上。不過要是將劍拔出來，搞不好會一口氣噴出大量鮮血，所以才脫掉襯衫和內衣，裝成是拿來止血用的，而實際上的確也需要止血，所以剛好是一石二鳥。『棄屍』那間房剛好就在一樓電梯旁邊，只要用大衣遮住，移動到那裡也不是難事。就算有人看見他，也只會以為那是他的變裝打扮。那件衣服還有劍柄上沾到的佐官奈那子的指紋，他也都仔細擦掉了吧。他必須在短時間內做出這些判斷，算是相當厲害嘛。」

出口秋生對著一副現在就想衝上來抓住自己的曲矢虛張聲勢地大喊：

「你、你有證據嗎！」

「別小看警察！」

曲矢威武地大吼，魄力遠遠高過出口數十倍。

「你這傢伙之所以還能逍遙法外，是因為之前完全沒把你列入嫌疑名單中。凶手遭女性被害者反擊，身受重傷性命垂危……這種愚蠢到極點的情況，平常哪有人會料想到呀。只要我們把你當作頭號嫌疑犯開始調查，挖出的證據肯定會多到都不想看啦。」

「最好是這樣啦。」

出口秋生忿忿地說。此時俊一郎開口了：

「請你放棄無謂的掙扎，立刻自首。」

但出口只是臉色陰沉地看向旁邊，完全不應聲。

「不自首，你身上的死相就不會消失喔。」

「咦？」

「等一下。」

出口和曲矢幾乎同時開口。

「你一開始不是說所有人身上的死相都消失了——」

「對呀，你不是說過了嗎？」

「那種話我可一次都沒說過。」

俊一郎一臉事不關己地說：

「我一開始保證死相已經消失的，只有第二輪無邊館案件的可能被害者而已。不過，你並非可能被害者。證據就是，你不是不符合『KANTOKU』這個關鍵條件嗎？」

「那麼，這傢伙身上之所以會出現死相是……」

「想必是黑術師實現了美羽的另一個願望吧。但只要他以凶手的身分遭到逮捕，那個死相應該也會消失。不，我會去說服她這樣做的。」

「這樣呀。那麼，你這傢伙要怎麼做？」

受到曲矢的強硬威嚇，出口秋生似乎完全放棄掙扎。

「……我、我明白了。我會自首，請你幫幫我。」

在無邊館外面待命的警察將出口秋生帶走後，大廳裡的緊張氣息總算稍稍獲得緩解。

「真是一個不得了的瘋子。」

不過，因為佐官甲子郎的發言，場內轉瞬間又開始飄盪著一股厭惡的情緒。

對自己老婆見死不救、獨自逃跑，卻不會受到任何懲罰的男人……而且還因為這樣引發了第二輪無邊館案件，讓兩位無辜人士相繼送命的罪魁禍首……

對於這個惡劣男人的嫌惡和憤慨，立刻在整個大廳中擴散開來，但本人似乎絲毫沒有放在心上，顯得相當悠然自在。

與出口秋生不同類型的另一個怪物，毫無疑問地就在那裡。

十八　黑衣女子

弦矢俊一郎將所有相關人士聚集在無邊館，解開案件謎團的同時，在萬壽會醫院佐官美羽的病房內，出現了一位身穿黑衣的女子。

「……啊，大姊姊。」

發現站在枕邊的黑衣女子後，美羽叫喚她的聲音透露出與她年紀不符的複雜心境。

「伍骨之刃的咒術剛剛被破解了喔。」

「……」

「所以呢，就沒辦法讓那個對妳媽媽見死不救的人受到處罰了。」

美羽露出認真思考的表情，接著開口問：

「是因為小俊喵的那個大哥哥嗎？」

「是呀。」

「這樣的話，那沒關係。」

「為什麼？」

「因為大哥哥和我約好了，一定會抓到那個凶手。」

「不過呢，既然伍骨之刃的咒術被破解了，那個恐怖殺人魔出口秋生要很久以後才會受到處罰喔。因為原本該照順序受到處罰的那些人都獲救了，所以相對地必須得等那麼久的時間才行。要是過了那麼久，施在出口身上的咒術肯定也會解開喔。」

「……」

「黑術師大人說，在變成那樣之前，想跟美羽再一次締結契約——不，再做一次約定。」

「……」

「不這樣做的話，就沒辦法處罰凶手喔。」

「……是說他不會死的意思嗎？」

「沒錯。」

「不過，小俊喵的大哥哥跟我說他會抓到凶手——」

「美羽想親手處罰殺害媽媽的凶手吧？」

美羽再度露出思索的模樣，接著果斷地搖搖頭。

「沒關係嗎？媽媽不是很可憐嗎？」

「因為我和小俊喵談過了。」

「咦？」

「所以我已經決定要全部交給小俊喵的大哥哥了。」

「……」

黑衣女子突然沉默不語，美羽天真無邪地問：

「大姊姊，妳知道小俊喵的大哥哥嗎？」

「……嗯。」

黑衣女子沉沉地點了個頭。

「那黑術師大人呢？」

黑衣女子的表情沒有絲毫改變，如此回答：

「當然非常清楚囉。」

終章

弦矢俊一郎在無邊館解開謎團的三天後，星期三的傍晚，人在奈良的外婆打電話來。

『凶手出口秋生似乎完全轉念了。新恒警部告訴我，出口鉅細靡遺地全盤招認，也能確實取得相關證據。』

難得外婆沒有開玩笑，一開口就認真講正經事，俊一郎也將放在心上的那個問題說出來。

「佐官美羽呢？」

『昨天都好好處理完了。那個孩子和黑術師之間的連結，我已經乾淨俐落地切斷了。不用擔心。』

「我那時是跟出口說他的死相會因自首而消失，不過只要不曉得美羽和黑術師之間立了什麼協定……」

『啊啊，那個應該超過你的能力了吧。』

「外婆幫了大忙了。」

『聽說美羽出院後，會去北海道的外公外婆那邊住。』

聽到這個消息，俊一郎放下心來。不過他說出口的是別的事。

「外婆，你都到萬壽會醫院來了，居然就這樣直接回關西去了？醫院在水道橋，和神保町的事務所沒有很遠吧。」

『你這麼想見外婆呀？』

「並沒有，可是──」

『哎呀，這個孩子是在害羞嗎？這種事有什麼好不承認的。』

「我一點都沒有在害羞，而且也沒什麼好承認的。」

『我知道你想念我想念得不得了，不過像外婆我這樣受歡迎的人物，實在是沒什麼時間──』

「佐官甲子郎最近好像滿慘的。」

『喂，別人在講話你打什麼──』

「對自己老婆和女兒見死不救，現在批判他的聲音非常猛烈。」

『自作自受囉。』

外婆立刻搭上這個話題。

『本來已經談好的電影工作，聽說也全部都被取消了。電梯裡的另一個人是誰也已經查出來了。』

「廣告公司的業務吧。」

『對方果然是被佐官導演威脅，要他不准將事情洩漏出去的樣子。』

「是說，那個人好像也受到很嚴重的攻擊。」

『只要做過對不起天地良心的言行，總有一天會報應到自己身上的。這個世界，就是這樣運行的呀。』

然後，外婆一副在聊藝人八卦般的語氣說：

『峰岸柚璃亞小姐和長谷川要人先生，這兩人好像果然是吹了吧。』

「妳怎麼知道？」

『凡是男女之間的事，沒有什麼能逃過我的法眼啦。』

「妳到底在講什麼啦。」

『現在回頭看才曉得，峰岸柚璃亞小姐在無邊館「棄屍」房間裡感覺到的意念，可是解決案子的重大線索呢。』

「咦，什麼意思？」

『她不是在那裡感覺到悔恨的意念嗎？那應該是出口秋生對於沒辦法徹底完成使用五骨之刃的犯案計畫，所感到的深深悔恨吧？』

「……這樣呀。」

因為沒能成功殺死第一個犧牲者，所以凶手懊悔至今——這是當時柚璃亞自己的解釋。不過她的想法要是正確，那個意念就不應該是殘留在那個房間裡。因為凶手只有在連續殺人結束之後，才可能知道自己終究失敗了。

儘管如此，在「棄屍」那間房裡卻留下某個人的悔恨。符合這個條件的人就只有出口秋生。不過，為什麼他會有這種情感呢？從這個問題往下延伸，或許就不難將懷疑的箭頭指向他。

俊一郎完全陷入自己的思緒中。

『是說，這算是一個好經驗，對今後也會有幫助。』

外婆的話，既非安慰也非鼓勵。

「午安！」

這時，伴隨著敲門聲，傳來一聲活力充沛的招呼聲，接著門就開了，曲矢亞弓一派自然地走了進來。

「啊？」

俊一郎對眼前的情況正感到困惑時，突然又傳來響亮的喵地一聲，小俊跟在亞弓身後走進來，讓俊一郎大為詫異。

「我剛好在外面遇到小俊喵。」

「呃……不是這個……」

「咦？那是太早了嗎？」

「……什麼太早了？」

「當然是要慶祝順利破案呀。我最喜歡作菜了。」

亞弓邊說邊將放在桌上的布包解開。從鬆開的布中，出現了三層的日式大型漆器便當盒。

「我有特別幫小俊喵準備竹葉魚板喔。」

小俊興奮地喵喵叫個不停，亞弓見狀也跟著開心大笑起來。外婆似乎是透過話筒聽到這邊的喧鬧聲，五味雜陳似地說：

『你好像終於交到女朋友了呢。』

「才、才不是。」

『而且還是曲矢刑警的妹妹，你這孩子還頗有一套的嘛。』

「妳、妳怎麼知道——不是啦，所以我說，不是妳想的那樣啦。」

『哦？』

偏偏這瞬間曲矢也出現了，而且他的心情似乎相當惡劣，劈頭就對自己妹妹出聲抱怨：

「真受不了妳，我很忙耶。」

「可是哥哥，案件不是解決了嗎？」

「解決是解決了，但需要佐證還有一些有的沒的，很多事情要處理啊。還有，為什麼破案慶祝會要辦在這傢伙的事務所裡，而且妳還得幫忙做料理？聽好了──」

「不過呢，你能來真是太好了呢。」

「……不、那、那個呀，我剛好也有事情要找偵探小鬼聊，還有新恒警部叫我過來一趟，我才勉為其難──哇！」

曲矢突然大叫。

俊一郎轉頭去看，發現小俊正端坐在曲矢腳邊，抬頭望著他。小俊似乎正在猶豫，是要在他腳邊磨蹭呢？還是乾脆輕巧地一躍而上讓他抱住呢？

後來，曲矢交雜喜悅與害怕的矛盾叫聲、亞弓愉快的大笑聲、小俊心情愉悅的喵喵叫聲，以及外婆聽著俊一郎隔著電話描述的景象而豪爽大笑的聲音，響亮地迴盪在整間事務所裡。

國家圖書館出版品預行編目資料

死相學偵探 . 4, 五骨之刃 / 三津田信三作 ; 莫秦
譯 . -- 1 版 . -- 臺北市 : 臺灣角川 , 2017.05
面 ;　公分

譯自 : 死相学探偵 . 4, 死相学探偵
ISBN 978-986-473-653-9(平裝)

861.57　　　　　　　　　　106004247

文學放映所090

死相學偵探4：五骨之刃

原書名＊五骨の刃　死相学探偵4

作　　者＊三津田信三
封面插畫＊田倉トヲル
譯　　者＊莫秦

2017年5月24日　一版第1刷發行

發 行 人＊成田聖
總 編 輯＊呂慧君
主　　編＊李維莉
文字編輯＊林毓珊
資深設計指導＊黃珮君
美術設計＊陳晞叡
印　　務＊李明修（主任）、張加恩、黎宇凡、潘尚琪

發 行 所＊台灣角川股份有限公司
地　　址＊105 台北市光復北路11巷44號5樓
電　　話＊(02)2747-2433
傳　　真＊(02)2747-2558
網　　址＊http://www.kadokawa.com.tw
劃撥帳戶＊台灣角川股份有限公司
劃撥帳號＊19487412
製　　版＊尚騰印刷事業有限公司
I S B N ＊978-986-473-653-9

香港代理
香港角川有限公司
地　　址＊香港新界葵涌興芳路223號新都會廣場第2座17樓1701-02A室
電　　話＊(852)3653-2888
法律顧問＊寰瀛法律事務所